KODANSHA NOVELS

四月は霧の00《ラブラブ》密室

私立霧舎学園ミステリ白書

霧舎 巧

講談社ノベルス
KODANSHA NOVELS

KIRISHA GAKUEN
KG
登場人物紹介
小日向棚彦《こひなたたなひこ》（2年生）
あまりにフツーの高校生。周囲の期待は大きいが、やる気があるんだか、ないんだか……
羽月琴葉《はづきことは》（2年生）
この物語の主人公、という名のトラブルメーカー。転校してきたのは、運がいいのか、悪いのか……
頭木保《かしらぎたもつ》（3年生）
頭はいいのに、その使い方を間違えている先輩。本人いわく「探偵になることを決められた男」だそうで……

のの子《こ》先輩（3年生）
口は悪いが、腹の中はいつも空っぽでさっぱりしている。好きな男の子に相手にされなくても、めげたりしない。
虹川警察署長
学園の伝説を誰よりも信じている警察官。他人に厳しく、身内に甘い。
冬美《ふゆみ》先輩（3年生）
唯一まともな登場人物。そのため（?）出番が少ない。のの子先輩の友達であり、お守り役。
蘭堂《らんどう》ひろみ（2年生）
自称「テニスの申し子」。食い意地が張っているのと、他人の幸運をうらやむのが玉にキズ。
八重《やえ》ちゃん（2年生）
その明るさと、屈託のなさはどこからくるの？　典型的なお友達&後輩キャラ。

高等学校
Book Design Hiroto Kumagai　Cover Design Veia　Illustration Hiroyuki Nishimura

CONTENTS

「そーだなあ、俺だったら……
考えるだろうな……」

「考えるって、何を？」

「2人とも助かる方法をさ!!」

――『金田一少年の事件簿』

第一章　霧の中の伝説

1

——どうしよう。

だらだらと続く坂道を駆け上がりながら、羽月琴葉《はづきことは》は焦っていた。

——転校してきた初日から遅刻なんて最悪だ。

横浜の港を見下ろす坂の上には霧舎《きりしゃ》学園という名の私立高校がある。琴葉は今日からそこの二学年に転入することになっている。

「だいたい、駅から四百メートルって《入学案内》に書いてあるのに、その四百メートルがずっと上り坂だなんてインチキだよ」

スカートの裾《すそ》を翻《ひるがえ》し、肩まである髪をなびかせながら、琴葉は石畳の坂道を蹴り上げた。おろしたてのコインローファーが少し足に痛かった。

虹川町《にじかわちょう》の駅からここまで一人の生徒も見かけていない。みんな、とっくに登校しているのだろう。当然だ、一学期の最初の日から遅刻してくる生徒なんて、そうそういるものじゃない。

編入試験と入学手続きで琴葉はこれまで、二度、学園を訪れていたが、いずれも母親の運転する車に乗っていたので——おまけに車中では爆睡していた——自分の足で登校するのは今日が初めてなのだ。

——あの時はまだ桜なんて咲いてなかったし……。

通学路が坂道であることに気づかなかった理由を、琴葉は景観が変わったせいにしようとした。

——始業式の真っ只中に遅れて入っていったら、目立っちゃうだろうな。

遅刻の言い訳を何か考えないと、と頭の片隅で思う。

まさか、出がけに無性にメロンパンが食べたくなり、近所のコンビニに立ち寄っていたら電車に乗り遅れました、なんて本当のことは恥ずかしくて言えやしない。

——やっぱり、ここは転校生の特権を利用しなくっちゃ。

琴葉は策略を巡らす。時間通りに登校したけれど、職員室がどこにあるのかわからなくてうろうろしていたら、始業チャイムが鳴ってしまいました——。

転校初日にしか使えない大技だけど、電車が遅れました、なんていう子供だましの言い訳をするよりはよっぽど説得力がある。

ところが——

彼女の目論みは坂の上に到着した瞬間、もろくも崩れ去った。

『私立霧舎学園高等学校』と刻まれた大きな看板を掲げた門扉には、しっかりと鍵がかけられていたのだ。

そう言えば、八時三十分の登校時間を過ぎると門は閉鎖されると入学手続きの際に聞かされていた。遅刻者は警備員に生徒手帳を提示し、氏名、学年、クラス、遅れた理由を所定の用紙に書き込んだのち、ようやく通用門より入構が認められる、ということだった。

腕時計に目を落とすと、もう九時を回ろうとしている。

「でも、警備員なんていないじゃん」

琴葉はきょろきょろと辺りを見回した。学園の周囲は見渡す限り高い塀に囲まれ、門も向こう側が見通せない木製の扉で閉ざされている。たとえ警備員が構内にいてもわからない状態だ。

「まさか、監視カメラなんてないよね」

つぶやいて、琴葉はもう一度、周囲をうかがった。

一般の通行人さえ歩いていないことを確認すると、彼女はおもむろに学園指定の手提げバッグをリュックのように背に担ぎ、門扉に手を伸ばした。

木製の扉には、上方と下方に二ヵ所ずつ、補強用の鉄板がはめ込まれていて、琴葉はその板を留めている鉄鋲《てつびょう》に足をかけ、フリークライミングよろしく門扉を乗り越えようと考えたのだ。

門の高さは二メートルそこそこだから、スカートであることさえ気にしなければ女の子でも乗り越えることは出来るだろう。

——母よ、はしたない娘を許して。

心の中でつぶやいて、琴葉は扉のてっぺんから顔を出した。

構内に人影がないのを確認するや、一気に足を振り上げ、門扉に跨がる。そのままスカートを押さえて反対側へ——。

着地と同時に制服の乱れを直し、背負っていたバッグを手に持ち替える。鏡を出して前髪を整え、ソックスを引き上げると、琴葉は何事もなかったように歩き始めた。

正面に四階建ての校舎がそびえている。

彼女のいる位置からは鉤《かぎ》形の建物に見えるが、実際はT字形だ。霧舎学園の各棟は《T字》と《コの字》の組み合わせで構成されている。

——確か、この校舎の奥に体育館があるんだよね。

琴葉は《入学案内》に記されていた構内図と、前回訪れた時の記憶を頼りに、職員室ではなく、直接、体育館へ向かうことにした。始業式はそこでおこなわれると聞かされていたからだ。

——いきなり体育館へ行ったほうが、学園内を迷っていた感じが出るもんね。

己の計画に満足してT字形の校舎を左から——縦棒のほうから——回り込む。

「え」

角を曲がったところで琴葉は息を呑んだ。

前方に体育館は見えているのだが、そこへ行くまでの地面が見えなくなっていた。

「霧……？」

地上から六十センチあたりの低い位置に、一面に、白い煙のようなものがゆらゆらと漂っていた。

2

「あれ？　のの子先輩はどこ行っちゃったんですか？」

講堂と兼用になっている体育館のステージ裏で、二年生の女子生徒が声を上げた。

「しーっ。先生たちに聞こえちゃうでしょ」

唇に指を当て、三年生が答える。壇上では理事長の話が終わり、春休み中に県大会で入賞した運動部の表彰がおこなわれていた。

「のの子ねえさんは今年もおでかけよ」

三年生は館内に流れるＢＧＭの音量を調節しながら答えた。二人の腕には《放送部》と書かれた腕章が巻かれている。

「おでかけ？」

二年生が訊く。

「そ、去年に続き、のの子は今年も始業式を抜け出したってわけ」

「え、でも、体育館の入口には先生が立ってますよ」

「そう、入口にはね」

三年生は楽しそうに言って、自分たちの後方にある螺旋《らせん》階段を指さした。

「無理ですよ。あの上は演劇部がお芝居をする時に使う照明器具が置かれているだけで、出口なんてないですよ……」

言いながら、二年生は階段脇にある小窓が開け放たれているのに気がついた。

「まさか、あそこから？」

と、目を丸くする。

「八重《やえ》ちゃんにも見せてあげたかったよ。のの子ったら、大っきなお尻をこっちに突き出してさ、頭から窓の外へ……。もし理事長が話してる途中でちらっとでもこっち見たら、きっと腰を抜かしてたね」

三年生は自分もお尻を振ってみせた。八重ちゃんと呼ばれた女の子は《のの子先輩》のそんな姿を想像して顔を赤くした。

「大丈夫なんですか？　体育館《ここ》はもともと二階なのに……あの窓からだと三階分の高さになっちゃいますよ」

「平気、平気。そういう点は、のの子ねえさん、抜かりがないから。どこから持ってきたのか知らないけど、ワイヤ製の縄ばしごを用意しててね……窓の下には体育倉庫から引っ張り出してきた走り高跳び用のマットも敷いていたし……」

「マットなんか出ていたら、すぐに片づけられちゃうでしょう。縄ばしごは降りる時に垂らせばいいけど、マットは体育館に入る前から置いておかなきゃならないんだから」

「それも問題なし。今日に限っては、マットが外に出ていても大丈夫なんだな、これが」

三年生はニヤリと笑う。

「あ……霧ですか」

ぽんと手を打つ八重ちゃん。

「そ、今日は霧の立つ日だからね」

霧舎学園では毎年、一学期の最初の日に霧が立ち込める。もちろん自然に発生するわけではなく、人工的なスモークだ。

その昔、この一帯が霧泊峠《きりどまり》と呼ばれていた頃、旅人たちがよく深い霧に立ち往生したという史実から——当時、峠にあった霧泊学舎《がくしゃ》なる私塾が学園の前身である（《入学案内》参照）——毎年、一学期の始業式と三学期の終業式には、敷地内に霧を出現させる習慣になっている。最近では予算の関係で式のおこなわれる体育館の周囲にしか煙は流さないが、以前は構内全体をスモークで覆っていたという。

いずれにせよ、その《霧》のおかげで今日に限っては体育館の下に走り高跳び用のマットが置かれていても見えないというわけだ。

「始業式は全校参加だから、先生も生徒もみんな教室や職員室からここへ直行するからね。中央校舎の二階と連絡通路でつながっている体育館へ来るのに、わざわざ外から回ってくる物好きはいないってこと」

言いながら、三年生は式次第に目を通し、BGMの音量を絞った。順番では、次は全校による校歌斉唱だった。

「それより、八重ちゃん。ピアノのセッティングは大丈夫？」

「はい。のの子先輩がきちんと用意してくれていたみたいです。念のため、マイクとアンプの配線も調べましたけど、全部オッケーでした」

「そう、余計な手間をかけさせちゃってごめんね。のの子も一応、放送部の仕事は忘れていなかったんだね。てっきり今日は体育館を脱出することしか考えていないかと思ってたんだけど」

三年生が苦笑する。

「それで、冬美《ふゆみ》先輩。どうしてのの子先輩は始業式を抜け出したんですか？」

二年生は一番気になっていたことを訊いた。

「あら、八重ちゃん。この学園の生徒なのに、あの伝説、知らないの？」

3

羽月琴葉は《霧》の中に足を踏み入れた。

短めのスカートの、ちょうど裾のあたりまで《霧》は立ち込めていた。

さっきまで、遅刻だの、言い訳だのと煩《わずら》っていた世界から、急に雲の上にでも放り投げられたような気分だった。急いでいるくせに、ついつい靄《もや》をかき乱さないように歩いてしまう。

近くで水の音がした。せせらぎではなく、上から流れ落ちてくるような音。

——なんだろう？

耳を澄ますと、今度は足元で、ぎし、と何かが鳴った。靴の裏に小石を踏み分ける感触が伝わった。地面がアスファルトから、砂利敷きに変わったのだ。

一方で、水音はどんどん近くなる。

「あ」

ふと見ると、一面の霞《かすみ》の海のそこここに、小さな水の塊がぽこぽこと湧き出していた。

――もぐらたたきみたいだ。

琴葉は思った。

《もぐら》の数は全部で八つ。注意して見れば、それが円を描いて配置されていることがわかる。

――そっか、霧で見えないけど、あの下には噴水があるんだ。

気がついた瞬間、八つの《もぐら》の中心から、新たな水が勢いよく吹き出した。

「うわ」

びっくりして、後ずさる琴葉。

そのまま足をもつれさせ、しりもちをついた。

小さなお尻に小石が容赦なく突き刺さる。信じられない痛さだった。すぐには立ち上がることさえ出来ない。

そのうち靄が垂れ込めてきて、琴葉はあっという間に《霧》に呑み込まれていった。

――まるで遭難したみたいだ。

そんなことを思っていると、今度は彼女の上に、何かが覆いかぶさってきた。

「痛《い》て」

と言ったから、《何か》は人間のようだ。それも、男。

――嘘でしょ。

全身を砂利の上に横たえながら、彼女の頭は混乱した。

見知らぬ男が、自分の上に乗っていた。砂利、琴葉、男、の順だ。

悲鳴を上げようとしたが、声が出なかった。

男の顔が琴葉の顔の上に密着していて、唇が唇を塞いでいたのだ。

校庭の外れにある古びた時計塔の鐘が、五分遅れの午前九時を告げていた。

4

「何ですか、あの伝説って？」

二年生が訊いた。

「へえ、八重ちゃんは本当に知らないんだ、この学園に伝わる伝説」

三年生は言って、後輩の顔をのぞき込んだ。

「霧立つ春の日、鐘の音と共に、泉の前で口づけを交わした男女は永遠の幸せを約束される——っていう言い伝え」

「じゃあ、のの子先輩はその伝説を実行するために始業式を抜け出したんですか？」

八重ちゃんは興味津々といった顔で訊いた。

「でも、相手は？　男の人とキスしないと駄目なんでしょ？」

「その顔はあれだね。のの子には彼氏なんかいるはずがないっていう顔だね」

三年生は笑った。

「確かに、あの子は豪放磊落《ごうほうらいらく》が手足をつけて歩いているようなもんだからね。そこらへんの男子より、よっぽど男らしい」

「はい。二年生の中にも《のの子ねえさん》のファンはたくさんいます」

「じゃあ、その子たちにはがっかりさせちゃうかな。あれでいてね、のの子には入学した時からずっと気になっている男子がいるんだ」

「好きなんですか、その人のこと？」

八重ちゃんは、さも意外な話を聞いたように両手をぱたぱたさせた。

「好きでなきゃ、こんな伝説を利用してまで、告白しようなんて思わないよ。去年、一度失敗してるのに……」

話が盛り上がろうとした時、二人のところに始業式の司会進行を務めていた教師が駆け込んできた。

「おい、おまえたち、長尾《ながお》先生を見なかったか？」

「長尾先生？」

二人は同時に聞き返した。

「そうか、おまえたちはまだ知らないな。転任してきた先生だ。小柄で、顔半分、髭を生やした、メガネに白衣姿の。年は四十歳ぐらい……」

式次第では、次は《新任・転任教師の紹介と挨《あい》拶《さつ》》になっていた。

「みんなの前で挨拶するのに、いきなり白衣を着てるんですか、その先生？」

三年生はどうでもいいことを尋ねた。

5

「ちょっと、何すんのよ」

琴葉は必死で顔を背《そむ》けると声を上げた。

「何もしてないよ」

男は上にのしかかったまま口をとがらせた。

「うわ、って声がしたから、何かあったのかと思って駆けつけたんだ。そしたら、おまえがここに倒れていたんじゃないか。スモークで足元が見えなかったから、つまずいて……」

言われてみれば、噴水が吹き出した時、琴葉はそんな声を上げたような気がする。男が蹴つまずいたのも、自分がしりもちをついたまましばらく立ち上がれずにいたからだ。

だが、いきなり唇を奪われたことに変わりない。

それに、

「ちょっと」

琴葉は再び声を上げた。

「ちょっとお」

と、身をよじる。

「何してんのよ、その手」

男の左手が、琴葉の胸の上に置かれていた。倒れた拍子に咄嗟《とっさ》に手をついた結果だとはわかっていても、その手が乙女の大切な部分に押しつけられているのは許せなかった。

「きゃあああ」

琴葉は改めて悲鳴を上げた。同時に、自分でもびっくりするくらいの力で男を撥ねのけていた。立ち上がった時には、もう尻の痛みなど消えていた。男の手のひらの感触だけが、胸に残っていた。

「あんた誰よ」

自分と入れ替わりにしりもちをついた形の男に問い詰める。

「おれはこの学園の生徒だ。おまえこそ誰だよ。その制服、うちのじゃないだろ」

霧舎学園の制服は、男子は詰め襟《えり》で、女子はブレザーである。それなのに、琴葉はセーラー服をまとっていた。

「これは前の学校の制服よ。ここのはまだ出来てないの」

「転校生か」

男は馬鹿にしたように言った。

「初日から遅刻とはね」

尻をはたきながら立ち上がる。

あんただって、遅刻でしょ——と言おうとして、琴葉は言葉を呑《の》み込んだ。

代わりに、

「きゃあああ」

再び悲鳴を上げていた。

「そこ」

と言って、男の後ろを指さす。男が立ち上がったことで周囲の《霧》が払われ、地面があらわになったのだ。

そして、そこには——さっきまで二人が折り重なっていたほんの数十センチ先には——白衣を着た男性が横たわっていた。

男性は四十歳前後、小柄で、顔の半分が髭《ひげ》で覆われ、メガネをかけていた。琴葉が悲鳴を上げたのは、仰向けに倒れているその男性の腹部が血のようなもので赤く染まっていたからだ。

あまりの驚きに、琴葉は思わず自分の唇を奪った男子生徒に抱きついてしまっていた。

6

「あれ、いま悲鳴みたいな声、聞こえませんでした？」

八重ちゃんが言った。ちょうど司会進行の教師が舞台下のマイクの前まで戻り、再び放送部員二人だけになったところだった。

「まさか、のの子先輩の身に何かあったとか」

八重ちゃんは、螺旋階段の脇にある換気用の小窓を見上げてつぶやいた。声は確かにそこから聞こえていた。

「ないない。のの子が悲鳴を上げさせることはあっても、あの子が、きゃー助けて、なんて、絶対ありえないから」

三年生は笑いながら、ＢＧＭの音量を絞った。ステージ上では、姿が見えないという長尾先生を除いた新任・転任教師数名の挨拶が続いていた。

「でも、確かに外から聞こえましたよ、悲鳴」

八重ちゃんは引き下がらない。

「じゃあ、のの子がついに告白したんでしょ。で、唇を奪われた相手が、ぎゃー、って」

「女の人の声でした」

「女みたいな奴なんだよ、のの子が好きな男子って」

三年生は言う。

「やっぱり人間は自分にないものを求めちゃうんだよね。どうしてあんな弱々しい男がいいのかって、あたしなんか思うもん」

「えー、そんな人なんですか」

八重ちゃんは少しがっかりしたように先輩を見

た。悲鳴のことなど、もうどうでもいいようだ。

「頭木保《かしらぎたもつ》っていうんだけどね。後ろから見たら、まるで女の子だよ。細くて、背がちっちゃくて、髪の毛はさらさら……」

「あ、その人、知ってます。体育館で全校集会がある度に、貧血で倒れてますよね」

「そ、今日のためにね」

三年生は意味ありげに笑った。

「あらかじめ体が弱いっていう印象を振り撒いておけば、今日倒れても、ああ、またか、ってなるでしょ。そうすれば……保健室から抜け出すのは、ここから脱出するより簡単だからね」

「知能犯ですね」

「そういうところが、のの子ねえさんの琴線に触れちゃうんだな、きっと」

「自分にないもの、ですか」

八重ちゃんは妙に納得している。

「でも、その頭木さんていう人も体育館を抜け出す計画を立てていたっていうことは、やっぱり誰かとキスをしようとしていたんですね」

八重ちゃんは、きゃあ、のの子先輩、失恋、と勝手に決めつけて、胸の前で手を合わせた。

「先走っちゃ駄目よ。保《たも》っちゃんはね、愛だの、恋だの、そんなものには興味はないの。ていうより、そこまでまだ大人じゃないんだな」

三年生は訳知り顔で腕を組んだ。

「頭はいいんだけど、いい年して、探偵ごっこが好きなわけよ。ほら、ちっちゃな子供がテレビを見て、なんとかレンジャーの真似をするでしょ。自分が主人公になったつもりで、見えない敵と戦ったりして……」

「ひとり遊びですね」

「そう、それの探偵版」

「ひとり少年探偵団ですか」

「まあ、そんな感じ。本人はいたって真面目なんだけどね」

「で？　それと頭木さんが体育館を抜け出すことと、どうつながるんです？」

「実はね、学園の伝説には裏バージョンがあるのよ」

三年生は大事な秘密でも漏らすように言った。

7

――一生の不覚だ。

琴葉は唇を嚙みしめた。

胸を触られ、唇を奪われ、その上、自分のほうから抱きついてしまった。

「ちょっと、あんた。勘違いしないでよ」

男を突き放し、顔を真っ赤にして言う。

こんなことで心臓がドキドキしている自分が悔しかった。

――冷静に、冷静に。

と、言い聞かせる。

今の琴葉には、足元で血らしきものを滲《にじ》ませて倒れている男性のことよりも、目の前の男子高校生に変な勘違いを起こさせないことのほうが大切だった。

と、そこへ、

「きみたち、何をしてるんだい？」

体育館のある方向から別の男の子が走ってきた。

この男子も詰め襟を着ているから、学園の生徒なのだろう。同じ高校生でも、最初に琴葉にのしかかってきた男はいかにもがさつで無骨な感じだったが、この少年は――まさに少年という雰囲気だった――全体的に線が細く、女性的な印象を漂わせていた。

「死んでるね」

その少年が言う。躊躇《ちゅうちょ》することなく、倒れている男性のそばに片膝をつき、首筋に手を当てていた。

ずいぶん手慣れた動作だ。

少年は立ち込めてくる《霧》をうるさそうに払い

ながら、琴葉たちを見上げた。

「きみたちの知ってる人かい？」

ぷるぷると首を振る琴葉。

少年は次に赤く染まっている男性の腹部に顔を近づけた。

「刃物で刺された痕《あと》があるね。いや、自殺や事故の可能性もあるから、刺された、という言い方は適切じゃないか。でも、まあ、刃物自体がこの辺りには見当たらないから、九分九厘、他殺で間違いないだろうけど」

まるで、警察か探偵のようなことを言う。

「あの、あなた、誰……？」

琴葉が訊いた。死体を目の前にして妙に落ち着き払っている少年を訝《いぶか》しんだのだ。

「ぼく？」

少年は顔を上げた。

「ぼくは頭木保。今日から探偵になることを定められた男だよ」

「はあ？」

言っていることがわからなかった。短いフレーズの中に、問いただしたい箇所が三つもあった。

今日から、探偵になることを、定められた男——。

「別に驚かなくてもいいでしょう、羽月琴葉さん。きみが転校してきたことで、ぼくはついに探偵になることが出来たんだから」

少年はますます訳のわからないことを言った。

8

「なんですか、伝説の裏バージョンって？」

八重ちゃんは目をくりくりさせて訊いた。

「途中まではさっきの伝説と一緒なんだけどね」

三年生はもったいぶって言う。

「霧立つ春の日、鐘の音と共に、泉の前で、っていうところまでは……。でね、そこで出会った男女が、同じ星の下に生まれた者同士だったら、学園に《真の求道者》が誕生するんだって」

「…………」

「女が謎を紡ぎ、男が謎を解く、って続くんだけど……」

「キスはしなくていいんですか？」

八重ちゃんは少しがっかりしたように言った。もっとロマンチックな伝説を期待していたのだろう。

「あたしものの子から聞いただけだから、よくわからないんだ。のの子はのの子で、保っちゃんから聞いた話の受け売りらしいし……。でもね、これを保っちゃんは自分のことだと思ってるわけよ。《真の求道者》っていうのは、真理を求める者、つまり探偵のことだと」

「わ、我田引水」

八重ちゃんは決めつけた。

「それでね、『女が謎を紡ぐ』っていうのは、何か事件を起こす女子高生が現れて、それを『男』が――つまり、保っちゃんが――解決する、という意味になるんだって」

「牽強付会だ。誇大妄想だ」

八重ちゃんは言う。

その時、再び教師がやってきた。

「どうも長尾先生は体育館内にいないようだから、着任の挨拶は飛ばして、生徒会の会計報告に移るかな。ハンドマイクの準備をしておけよ」

「準備万端」

後輩のおかしな言い回しに影響されたのか、三年生も漢字四文字で答えた。

「長尾先生、行方不明、大変大変」

隣で八重ちゃんが壊れたロボットのように言った。

9

「……という言い伝えがあるんだ」

頭木保が学園に伝わる裏伝説を語ると、

「なに、それ？　それじゃあ、まるであたしが学園にやってきたトラブルメーカーみたいじゃない」

琴葉は口をとがらせた。

「でも、羽月琴葉さん。現にきみは転校初日からこうして死体と出くわしているよね」

保はそれが当然の成り行きだとでも言うように死体を指さした。

「待って。どうしてあなたはあたしの名前を知ってるの？」

「別に難しいことじゃないよ。きみが転校生だということは、他校の制服を着ているのに、手提げバッグだけは学園指定のものを持っていることでわかる。おそらく、制服はまだ出来ていないんだろう。そして、うちの学校のデータベースをのぞけば転校生のプロフィールなんて簡単に見ることが出来る。こういうところのセキュリティは、あってないようなものだからね」

「コンピュータに侵入したってこと？」

保はそれには答えず、

「これまで、学園にぼくと同じ生年月日の女子はいなかった。でも、ぼくが《真の求道者》であるならば、『同じ星の下に生まれた』女の子が現れなければおかしいだろう？」

それをおかしいと思うことのほうがおかしい、と琴葉は思った。

「学園内で新たな女子と出会う可能性は限られているよね。だから、ぼくは転校生がくることを信じて、いつもデータベースを監視していたんだ」

つまり、ハッキングの常習者だ。

「そうしたら、羽月琴葉さん。きみが編入してくることがわかった。誕生日はぼくと同じ五月九日だった」

琴葉は学園に提出した書類の中に、体重とスリーサイズを書く欄がなかったことを感謝した。

「ぼくは今日ここできみと出会うために、始業式を抜け出してきたんだよ」

どこまで本気なのか、頭木保は真っすぐに琴葉の目を見て言った。

思わず、今日、遅刻したのは、彼と出会うためだったんだ——などと信じ込みそうになる。

その時、

「あ、見つけた」

声がしたと思ったら、背の高い女性がこちらに走ってくるところだった。

ベージュの上着に赤いリボン。スカートは左の太もものところに、三本だけプリーツが入っている。

正真正銘、霧舎学園の女子の制服だ。

「あ、坂下《さかした》さん」

少し脅えたように、頭木保がつぶやいた。

「気をつけて。そこに……」

……死体が転がっているから、と忠告するよりも早く、坂下のの子は投げ出されていた遺体の足につまずき、ものの見事にその上に倒れ込んでいった。

控えめにリップグロスを塗ったのの子の唇が、血の気の失せた男性の唇に思い切りぶち当たった。

10

「のの子先輩、今頃、キスしてるかな？」

八重ちゃんは、きゃあ、恥ずかしい、などと言いながら、独りで盛り上がっている。

「どうだろうね。保っちゃんが始業式を抜け出したのは探偵になるためで、のの子がキスを迫ってくるなんて、夢にも思ってないからね」

三年生は苦笑する。

「いきなり押し倒されたら、トラウマになっちゃうだろうね、保っちゃん」

「一生忘れられないキスですね」

「確かに」

二人が笑いあった時、にわかに体育館内がざわめき始めた。

ステージに目をやると、司会進行役の教師が壇上に上がり、マイクを握っていた。

「始業式を一時中断して点呼を取ります。生徒諸君はクラス担任の指示にしたがうように」

ただならぬ気配をにじませてそれだけ言うと、教師はステージ裏にやってきた。

「なんでもいいから音楽を流してくれ。気分を落ち着かせるような」

などと、言う。

「何があったんですか？」

三年生が訊く。

「大したことじゃない。おまえたちは気にするな」

そんなことを言われては余計に気になる。身を乗り出して館内の様子を窺うと、教頭と学年主任が外へ飛び出して行くところだった。

「あ、棚彦《たなひこ》」

八重ちゃんが体育館の片隅で身振り手振りを交えながら数名の職員に何か話している小日向《こひなた》棚彦の姿を見つけた。傍《かたわ》らには警備員もいる。

「知ってる子？」

三年生が訊いてくる。

「去年、同じクラスでした。遅刻の常習犯で……いつも、あんなふうに先生に言い訳してました」

でも、今日はどこか違うな、と八重ちゃんは思っていた。

「なんだか、この騒ぎの原因は彼にあるみたいね」

三年生も言う。

しかし、その彼が構内で死体を発見し、そのことを知らせにきていたのだと二人が知ったのは、すでに学園に警察が到着してからのことだった。

そして、その死体が着任早々の長尾先生であったことを知らされたのは、ほとんどの生徒が帰宅したあと、事情聴取のために彼女たちだけが学園内に残されてからであった。

第二章　連鎖する密室

1

「最悪、最悪、最悪……」

琴葉はつぶやいていた。

遅刻して、キスされて、胸を触られ、死体の第一発見者になった――。

その上、今度は警察の事情聴取があるからと、帰宅も許されず――他の生徒はみんな帰ったのに――生徒指導室に押し込められたのだ。

机と椅子しかない室内には、琴葉の他に、死体発見現場に出くわした三人の生徒と、《放送部》と書かれた腕章を巻いている女の子が二人、それに始業式の司会進行を務めていたという男性教師が集められていた。

男性教師はドアの前に仁王立ちになり、まるで琴葉たちが逃げ出すのを阻止するかのように、腕組みをしていた。聞けば、この恐持ての教師が今日から琴葉の編入するクラスの担任だという。

教師は自分の名を、脇野《わきの》啓二郎《けいじろう》だ、とぶっきらぼうに告げただけで、それ以上、琴葉に声をかけることはなかった。転校生に対する配慮はかけらもない。

「ああいう奴だから、気にするなよ。先生のくせに生徒に人見知りするんだ」

耳打ちしてくれたのは、琴葉と一緒に死体を発見した男子生徒だ。

「おれもおまえと同じ二年三組だ」

初めての学校で気安く話しかけてくれるクラスメイトというのはありがたいものだが、その相手が自分の唇を奪った男となると、琴葉の気持ちも複雑だ。

「おまえって言わないでよ」

ついつっかかってしまう。

「羽月琴葉」

それから、つっけんどんに自分の名を教える。

「おれは……小日向棚彦だ」

男子生徒も少しムッとしたように答えた。

「変な名前。早口言葉みたい……コヒナタタナヒコ」

琴葉はわざと舌をもつれさせるようにして相手の名を呼んだ。

「おまえだって、濁点つけたら変な名前だぞ……ばづぎごどば」

「なんで濁点つけるのよ……ごびなだだなびご」

まるで小学生のようだ。

「仲がいいのね、あなたたち」

《放送部》の腕章を巻いた女生徒が声をかけた。琴葉よりも長い髪を後ろで一本に束ね、すっとした感じで立っている。制服のリボンが赤だから、上級生であることがわかる。

霧舎学園では《学年カラー》が決まっていて、今年は一年生が緑、二年生が青、三年生が赤だった。《色》は毎年繰り上がるようになっていて、来年は二年生が緑、三年生が青となる。赤は新しく入ってくる一年生に引き継がれ、生徒たちは留年しない限り、三年間、同じ色のリボンを身につける仕組みだ。上履き、生徒手帳、校章も《学年カラー》で色分けされている。

もっとも、原色の緑、青、赤では《かわいくない》という理由から、女子の制服のリボンだけはパステル調に染め上げられていた。緑というよりライトグリーン、青というよりスカイブルー、赤というよりローズピンクだ。

「きゃあ、棚彦、彼女が出来たんだ」

そのピンクのリボンの女生徒の後ろから、もう一人《放送部》の腕章を巻いた女の子が顔を出した。こちらはブルーのリボンをしている。

ショートカットで、目のくりくりした女の子だ。

「あれ、八重ちゃん？」

その子を見て琴葉が言った。

「あ、琴ちゃん」

二人は互いを指さして、目を丸くした。

「八重ちゃん、髪の毛、短くなってるからわからなかったよ」

「琴ちゃんだって、メガネかけてないじゃん」

「コンタクト」

「あたしもイメージチェンジ」

二人で盛り上がっている。

「おい、おまえたち知り合いなのか？」

棚彦が声をかけた。

「前の学校で一緒だったんだ。八重ちゃんは一学期で引っ越しちゃったけど……」

と、琴葉が説明する。

「棚彦、琴ちゃんにちょっかい出したら、あたしが許さないからね」

八重ちゃんは、キッと元同級生をにらんでみせた。


「それがねえ、八重ちゃん、聞いてよ。あたし、もうこいつに……」

と、その先は内緒話にして、琴葉は朝からの出来事を旧友に伝えた。

「え、キスしちゃったの！」

思わず声に出す八重ちゃん。そして、

「伝説が……」

と言ったきり、絶句してしまった。

「なに、どうしたの？」

琴葉が訊く。

「ううん、なんでもない。琴ちゃんは知らないほうがいいよ」

ぷるぷると首を振る八重ちゃん。

「あ、伝説っていえば……」

三年生の放送部員が何かを思い出したように言った。

「のの子のほうはどうだったの？」

と、部屋の隅で背中を丸めている――それでも大きい――女生徒に声をかけた。先刻、死体に蹴つまずいて、その上に倒れ込んでしまった女生徒だ。

「あーん、冬美ぃ」

女生徒は大袈裟《おおげさ》に泣き声を上げてこちらに駆け寄ってきた。

「あたし、したよ。したけど、死体……」

支離滅裂だ。

「大丈夫、大丈夫」

冬美と呼ばれた女生徒は事情もわからず、それでも母親のように友達の背中をぽんぽんと叩いてやった。

「えっと、こちらが坂下のの子先輩で、こちらが成《なり》沢《さわ》冬美先輩。二人とも、放送部の先輩です」

八重ちゃんがマイペースに二人を紹介した。

2

生徒指導室に集められた全員の顔と名前を琴葉が一致させた時、まるでそのタイミングを見計らっていたように、入口のドアがひらかれた。

新たな人物の登場である。

レモン色のタイトスカートに、同色のジャケットを羽織った女性だった。縁のないメガネをかけ、鮮やかな色の口紅を引いている。長い髪をねじるようにして頭の上で束ね、ピンと背筋を伸ばしている。

若いのか、若作りなのか、判断のつきかねる化粧と衣装で、女性は室内に入ってきた。

教師の脇野と、高校生の棚彦が全く同じ顔をして、入室者を見た。いわゆる、目を奪われた、というやつだ。

「ああ、最悪、最悪」

すると、琴葉がつぶやいた。頰に手を当て、ムンクの『叫び』のようになっている。

「なんで、来るのよ」

琴葉は女性に向かって声をかけていた。

「あら、元気そうね、琴葉ちゃん？」

女性は、にかっと笑って、手を振った。

「元気なわけがないでしょ、ママ」

「ママ？」

全員が一斉に声を上げた。

「ママって、おかあさんのこと？」

当たり前のことを訊いたのは八重ちゃんだ。

「虹川署の羽月です」

女性は表情を引き締めて警察手帳を一同に示した。こういう顔をすると、凜《りん》とした美しさがある。

「へえ、琴ちゃんのおかあさんって警察の人だったんだ」

八重ちゃんは独りで、すごいすごい、と手を叩いている。

「なんで、よりによってママが来るのよ」

琴葉はなおもつっかかった。

「そんなの決まってるでしょ。ここが虹川署の管轄内だからよ」

母親は涼しい顔で答えた。

「だけど、ママは今日、配属されたばかりじゃない。それに署長でしょ」

「署長？」

再び一同が声をそろえた。

「そうよ、その署長宛てに直接、学園から電話があったの。生徒たちが動揺するといけないから、内密に捜査して下さいって」

「だから、それで、なんでママなのよ。署長っていうのは普通、現場には出てこないでしょ」

「だって、ママ、ここの卒業生なんだもん。母校のために一肌脱いであげたいじゃない」

「それだけのことで？」

琴葉は呆《あき》れる。

「ホントはね、琴葉ちゃんのことが心配だったのよ」

どこまで本心かわからないが、そんなことを言われたら、娘としては何も返せない。

代わりに、頭木保が声を上げた。

「そういえば……羽月琴葉さん、きみの入学書類には、母親の職業欄に『公務員』と書かれていたね」

保は思い出すように言った。教師と警察がいる手前、学園のデータベースをこっそり盗み見て得た情報であることは黙っている。

「確か、きみの前の学校は千葉県の清白《すずしろ》高校だった。転校がお母さんの仕事の都合なら……地方公務員に都道府県をまたがる転勤はないから……お母さんは国家公務員ということだね。警察で国家公務員といったら、キャリアじゃないか」

「虹川警察署、署長の羽月倫子《りんこ》警視です」

琴葉の母親は改めて一同に自己紹介をした。

「すごいじゃないですか、女性でありながらキャリアで、しかも署長さんだなんて……」

保が称賛する。しかし、

「認識が甘いね、少年。女性でありながら、じゃないよ。女性だから、署長止まりなんだ。同期の男たちはとっくに本部長、あるいはもっと上に行っている」

警視は娘に対するのとは打って変わって、厳しい口調で保の発言を正した。

「いや、それでもすごいですよ」

保は少しも引かない。そればかりか、

「やっぱり、これは定められたことなんだ。殺人事件の捜査責任者が『同じ星の下に生まれた女性』の母親だなんて……」

この期に及んで、例の伝説を持ち出した。

「きみ、名前は？」

警視が訊いた。

「頭木保です。今日から探偵になることを定められた者です」

高校生は真顔で答えた。

「探偵ね。ま、それはいいけど……」

警視は軽く流して、

「それで、頭木くんはどうして長尾先生が殺された、と思ったのかな？　きみは今、あたしのことを

『殺人事件の捜査責任者』と言ったよね」

「わあ、犯人を追い詰める刑事みたい」

八重ちゃんが言った。みたいじゃなくて、本物の警察官だが……。

「別に難しいことじゃないでしょう」

保は胸を張った。

「長尾先生というんですか、あの亡くなった人は白衣に血をにじませて、事切れていました。自殺や事故死なら、近くに刃物か、それに代わる致命傷を与えた何かが落ちていなければおかしいでしょう？　だけど、そんなものは見当たらなかった」

「地面を覆い隠すように《霧》が漂っていたんだから、ナイフが転がっていても気づかないんじゃないかな？　噴水の中に落ちていたかもしれないし……」

警視が指摘する。

「もちろん、いくら手でスモークを払っても、見渡せる範囲は限られますから、その可能性は否定できません。だけど、白衣からにじみ出ていた血液の広がりを観察するのに《霧》はそれほど邪魔ではありませんでしたよ」

「それは……白衣には他殺を確信させるような血のつき方があったということかな？」

「そうです。何かでこすられたような跡が認められました。こう、刃物を持った犯人が体ごと被害者にぶつかっていって、離れる時に自分の衣服で白衣に染み出た血をこすってしまったような……」

「もしその通りだったら、犯人の服にも血がついたことになるね。ちょうど、このあたりに……」

警視は自分のお腹をさすってみせた。それから、

「ほら、あんなふうに」

と、坂下の子を指さした。

「え、あたし？」

突然、指名されたのの子はわけもわからず自分の制服に目を落とした。

「うそ」

彼女のベージュの上着には赤い染みがついていた。三つあるボタンの二番目あたりだ。

「どうして、あたしの……」

のの子は今の今まで自分の制服に血がついていることに気づいていなかった。

「あの時、死体の上に倒れ込んだからだよ、坂下さん」

頭木保が謎解きをする。

「あ、そうだ」

のの子は手を叩いた。

「ありがとう、保っちゃん、あたしの無実の罪を晴らしてくれて」

《冤罪者》は大袈裟に感謝してみせた。

「まったく、女の子なんだから、転んだら服が汚れなかったかぐらいチェックしなさいよね」

呆れた顔で言ったのは、同級生の成沢冬美だ。

「そういう成沢さんの制服にも血がついてるよ」

保が指さした。見れば冬美の上着にも、かすかに血がこすられたような跡が認められた。

「あ、これ、さっきのの子があたしに抱きついたからだ」

冬美はすぐに自分の嫌疑を晴らした。

「なるほどね」

声を上げたのは羽月倫子警視だった。

「白衣の血のつき方は、あたしも気になっていたんだけど、それはきみたちが最初に長尾先生を発見した時から、ああだったんだね」

警視は納得するように言ってから、

「それじゃあ、みんな。悪いけど、上着のボタンを外してくれるかな?」

当然のことのように、一同に命じた。制服の下のワイシャツ、ブラウスに血がついていないか、確かめようというわけだ。

「おれたち疑われてるのか?」

棚彦がつぶやいた。

「第一発見者を疑え——捜査の基本だよ」

保はもっともらしいことを言って、率先して詰め襟のボタンを外した。

隣ではセーラー服姿の琴葉が戸惑っている。

「琴葉ちゃんはお腹をめくって見せてね」

母親は娘も特別扱いしなかった。

「もう、ママじゃなかったら、セクハラで訴えてやるんだから」

琴葉は自分だけ霧舎学園の制服を着ていないことを呪った。

3

一同の衣服に不審な血痕がないことを確認すると、羽月警視はそのまま全員を校舎の外へ連れ出した。

行き先は死体発見現場だ。

《霧》はすでに消えていて、遺体も搬出されていた。

「へえ、こうなってたんだ」

初めて見る噴水の全景と、その周りに敷かれている玉砂利を確認して、琴葉が声を上げた。まるでどこかの庭園から、一部分を切り取ってきたような眺めだった。

「じゃあ、死体発見までの状況を説明してくれるかな、琴葉ちゃん」

警視は最初に娘を指名した。どうやら、事件関係者をそれぞれの現場に立たせて、そこでまとめて事情聴取をするつもりらしい。

「えーと」

琴葉はいくつかの点を隠しながら、今朝の出来事を語ることにした。

つまり、遅刻したことは正直に告げるが、校門をよじ登ったことは話さない。噴水の前でしりもちをついたことは教えるが、そこで小日向棚彦とひと悶《もん》着《ちゃく》あったことは内緒だ。

次に訊かれた棚彦が全てをしゃべってしまうと困

るなと思ったが、一応、棚彦もその点は触れずに話を進めてくれた。

「なるほどね、あなたたち二人は一学期の最初の日から仲良く遅刻して……それで外に出ていたというわけね」

警視は少し皮肉を込めて言った。

「別に、仲良く遅刻したわけじゃないよ」

琴葉は小さなところに引っかかる。

「まあ、照れちゃって」

母親は冷やかすように言ってから、

「じゃあ、次はきみね。探偵くん」

と、頭木保をうながした。

保は仮病を使って体育館を抜け出したこと、その理由が《真の求道者》＝《探偵》になるためだったこと――などを、真顔で、というより、むしろ得意げに語った。

「ですから、ぼくがこの現場に居合わせたのは偶然ではないんです。ぼくは今朝、羽月琴葉さんと出会うために、ここにきたのですから」

まるで、宗教家か予言者のようなことを宣《のたま》った。

「あらあら、琴葉ちゃん、もてもてね」

警視はまたもや楽しそうに娘を見た。

「ふざけないで。ママは警察の人でしょ」

「やだ、琴葉ちゃんたら、むきになっちゃって……」

ほほほ、と笑って、警視は次に坂下のの子に質問を向けた。

「あなたはどうしてここにいたの？　さっき、そこの探偵くんが、遺体の上に倒れ込んだとか言ってたけど……」

「ええ、まあ」

のの子は言葉をにごした。体育館のステージ裏の換気窓から抜け出したことは――はしごやマットまで用意したことは――正直に話したが、その理由だけは言えなかった。いくら明け透けな性格ののの子でも、頭木保本人を目の前にして、まさか彼の唇を奪うためにあとを追ったなんて、口が裂けても言えるものではなかった。

「ちょっとした好奇心です。誰も抜け出せない体育館から抜け出してみたいっていう……その、なんていうか、チャレンジ精神というか、若さゆえの冒険心というか……」

説得力ゼロの言い訳を繰り出した。

「あら、そうなの？　あたしはてっきり誰かとキスをしたかったのかと思った」

羽月警視はズバリと言い当てた。

「あれ？　琴葉ママ、あの伝説のこと、知ってるんですか？」

八重ちゃんが声を上げる。

「そりゃあ、知ってるわよ。ここの卒業生だもの。霧立つ春の日、鐘の音と共に、泉の前で口づけを交わした男女は永遠の幸せを約束される、っていうやつでしょ。あたしが通っていた頃も、あの伝説は信じられていたから……当時も始業式を抜け出そうとする生徒はたくさんいたし……」

「その人たち、成功したんですか？」

八重ちゃんは夢見る少女のような顔で訊いた。

「たいていは先生方に阻止されたけど、中にはうまく抜け出した子もいたわよ……」

「それで、その人たちはどうなりました？」

「もちろん、幸せになったわよ」

微笑《ほほえ》む警視。

「わあ」

八重ちゃんは、素敵、と胸の前で手を合わせた。

「なにそれ」

琴葉が低い声でうめいた。

「なんなのよ、その伝説」

両手をぎゅっと握って、ぶるぶると体を震わせている。

「どうしたの、琴葉ちゃん？」

母親が声をかける。

「…………」

娘は、しかし、何も答えられなかった。まさか、ここにいる小日向棚彦と、その通りの状況ですでにキスをしていたなんて、言えるはずもなかった。

琴葉は無言で棚彦をにらみつけた。

「あれれ、琴葉ちゃん。もう誰か好きな人でも出来ちゃったのかな？　それで、その男の子と伝説をかなえようなんて思ってるのかな？」

母親は娘をからかった。

「署長さん、あまり生徒を焚きつけるようなことは言わないで下さい」

制止したのは教師の脇野だ。

「学園のおかしな言い伝えには我々も手を焼いているんです。始業式を抜け出そうとする生徒も、毎年、後を絶ちません」

「それで、体育館の出入口は厳重にチェックされていたんですね？」

警視は仕事の顔に戻って尋ねた。

「我々としましては、学園の風紀が乱れるのを放っておくわけにはいきませんからね」

「過度に厳しく生徒を締めつけるのはどうかと思いますけど、今回はそれが役に立ちました」

警視は素直に礼を言った。

「恐縮です」

口では謙遜するが、脇野は得意満面だった。

「そもそも、今回の人員配置や点呼の指示を出したのはわたしですからね」

と、胸を張る。

「よく言うよ」

聞こえないように毒づいたのは坂下のの子だ。

「理事長に気に入られようとして、始業式の司会に名乗りを上げたくせに。それで独りで張り切って、偉くなったと勘違いして、全てを自分で取り仕切って喜んでただけじゃない。マイクの手配とか、配線とか、裏の仕事は全部あたしたちに押しつけてさ」

そんな陰口は耳に届いていない脇野は、ますます饒舌《じょうぜつ》になった。

「つまりですね、署長さん。今ここにいる六名を除いた全校生徒が、始業式の間中、ずっと体育館の中にいたことは確実なんです。式の始まる前と、小日向が死体発見を知らせにきた直後に点呼を取りましたが、彼らを除いた全員が整列していたことは、わたしが保証します。そもそも、わたしの指示で体育館の入口には教師が二名、外階段には警備員が一名立っていましたから、誰にも見られず式を抜け出し、長尾先生を殺して、再び舞い戻ってくることなど無理な相談です」

「おれたちのことを疑ってるのか？」

いまさらながらに棚彦が言った。

「疑うも何も、長尾先生が誰かに殺されたのなら、その犯人は真面目に始業式に参加していた教師、生徒ではあり得ない、ということだ」

脇野は平気で教え子に嫌疑をかけた。

「待って下さい。あたしと八重ちゃんはずっとステージ裏で放送部の仕事をしていました。先生も何回か顔をのぞかせたから、わかってるでしょう？」

成沢冬美が言うが、

「テープを流したり、マイクの切り替えをしたりするぐらいなら一人でも出来る。おれが覗いた時はたまたま二人ともいたが、その間に換気窓から出入りしていたとも限らない。現に、坂下は外に出ていたじゃないか。おれは坂下もずっとステージ裏にいると思っていたのに……見えない所で、別の作業をしているとばかり思っていたのに……おまえたちにはすっかり騙《だま》されたよ」

教師はまるで放送部員三人の共犯であるかのような言い方をした。

「先生、肝心なことを忘れてますね」

間に入ったのは、頭木保だった。

「殺された長尾先生は今日からうちの学園に赴任してきたんですよね。初めて出会う先生に、どうしてぼくたちが殺意を抱かなくちゃならないんです？」

そうだ、そうだ、とうなずく生徒たち。

「あ、ごめんね、探偵くん。きみたち全員が長尾先生と初対面っていうわけじゃないんだ。少なくとも、この中に二人は被害者と面識があることがわかっているの」

羽月警視が言った。

「ね？　そうでしょ、琴葉ちゃん？」

警視は自分の娘に水を向けた。

4

「あたし？」

琴葉はきょとんとしている。

「あら、いつからそんなに忘れん坊さんになったの、琴葉ちゃんは？」

母親は普通の会話を楽しむように言った。

「長尾先生は琴葉ちゃんと一緒の学校から転任してきたのよ」

「清白高校からだ」

脇野が琴葉の前の学校名を告げた。

「あ、化学の？」

それで、やっと琴葉は思い出す。

「髭なんか生やしてるから、わからなかったよ。前の学校じゃ、メガネも色のついたやつをしてたし……」

「あなたと一緒で、転任を機にイメージチェンジをしたんでしょ。髭は春休みの間に伸ばせるし」

警視は転校を機にコンタクトレンズを使用するようになった我が娘に説明した。

「へえ、長尾先生って、あの長尾先生だったんだ」

言ったのは、かつて琴葉と同じ高校に通っていた八重ちゃんだ。被害者と生前面識があった二人というのは、当然、この二人のことである。

「だけど、あたし、長尾先生を殺したいって思うほど、おつき合いなかったしなあ」

八重ちゃんはがっかりしたような言い方をした。

「あたしだって、そうだよ。化学の授業、週に二時間だけだったもん」

琴葉も慌《あわ》てて追随する。

「別にあなたたちを疑っているわけじゃないのよ。ただね、世間はこんなにもせまいんだから、あなたたち以外にも長尾先生とつながりのあった人が、この学園にはいたかもしれないでしょう」

警視は言った。もしかしたら『この学園に』ではなく、『この中に』と言いたいところなのかもしれない。

「あたしたちを疑う前に、先生たちを疑ったほうがいいんじゃありませんか?」

敏感にそのあたりのニュアンスを感じ取った成沢冬美が手を上げた。

「始業式の間中、生徒が体育館を抜け出さないように先生方は目を光らせていたかもしれませんけど、逆に先生方の動きを注意していた人はいないわけでしょう? 現に、長尾先生本人が外で殺されていたんだから……」

冬美は脇野に視線を移した。

「先生、式の途中で、ステージ裏にいたあたしたちのところへ長尾先生を探しにきましたよね。あれって、誰も知らないうちに長尾先生が体育館から出て行ったっていうことですよね?」

「それは、そうだが……」

脇野は露骨に生徒を疑った手前、返答に窮した。

「だが、体育館の入口には別の先生が二人も立っていた。その先生方に気づかれずに、外へ出ることは不可能だ」

「その先生たちも、長尾先生の出て行く姿を見ていないんですね」

警視が確認した。

「はい。式が始まってから、小日向が死体発見の知らせを持ってくるまで、入口の戸は一度もひらいていないと——」

「体育教官室よ」

冬美が声を張った。

「あの部屋は体育館の内と外、両方にドアがあるじゃない。整列している生徒が抜け出して滑り込むには目立つけど、壁際に立っている先生たちなら少しずつ場所を移動すれば気づかれないわ」

「それなら、実際に確かめてみましょう」

警視が言った。

5

体育教官室は、保健体育の授業を受け持つ教師だけがつめている、いわば、体育教師の職員室だ。場所は体育館の脇にある。

室内は六畳ほどの広さで、左右の壁に書類戸棚が置かれ、部屋の中央にスチール製の机が五つ、向かい合わせに並べられていた。それだけでもせまいのに、机とセットの椅子はキャスター付きの五本脚で、背もたれも大きかった。おかげで、体を横にしなければスムーズに歩けない。

肝心のドアは、成沢冬美が指摘したように、体育館の内と外に向けて一枚ずつあった。

羽月警視は捜査用の白手袋をはめると、外側のドアから室内に入った。

段差のほとんどない上がり口で靴を脱ぎ、

「もし長尾先生がこの部屋を通り抜けに使ったのなら……」

言って、窮屈そうに机や椅子、書類戸棚に手をつきながら、反対側のドアまで移動した。

「こうして、どこかに手をついているはずね。あとで、鑑識さんに指紋を調べてもらいましょう」

「そうですね。ドアノブなら、さらに確実です」

うなずいたのは頭木保だ。

「わかったわ、探偵くん。手袋で指紋を消さないようにするからね」

警視は子供の相手をするように言ってから、体育館へ通じるドアを開けた。

「あら？」

扉の向こうには赤い布がぶら下がっていた。

紅白幕である。

「明日は入学式があるものですから……」

一足先に、体育館の入口から中に入っていた脇野が説明した。左右の壁一面に紅白の幕が張られていた。

「ということは、始業式のあと――つまり事件発生後に幕を張ったということですか？」

警視が訊く。

「いえ、昨日のうちから……」

脇野はばつの悪そうな顔をした。

「何と言いますか、始業式も年度の初めでおめでたい行事ですから、紅白幕も使い回しということで」

理屈に合っているような、いないような、変な理由である。

「本当は、三月の卒業式からずっとこのままなんだよね」

坂下のの子が口をはさんだ。

「うるさい。これだけの紅白幕を張るのは大変なんだぞ。ひと月の間に、二度も上げ下ろし出来るか」

脇野は本音を漏らす。

「でも、おかげでバスケ部の子が言ってたよ。コートがせまくなって、練習がやりにくいって」

確かに、体育館の左右の壁を覆い隠している紅白幕は、壁面にぴたりと張りついているのではなく、壁から五十センチほど離れた位置に吊るされていた。頭上に張り出し部分があり、そこに紐で結わえられているのだ。

そして、警視がなによりも気になったのは、紅白幕の丈がぴったりと床まで届いていることだった。つまり、五十センチほど空いている壁と幕の間をこっそり誰かが通っても外からは見えないということである。

「始業式の間、先生方は壁際に立っていたという話でしたが、それは当然、壁に寄りかかっていたわけではありませんよね？」

■体育館平面図

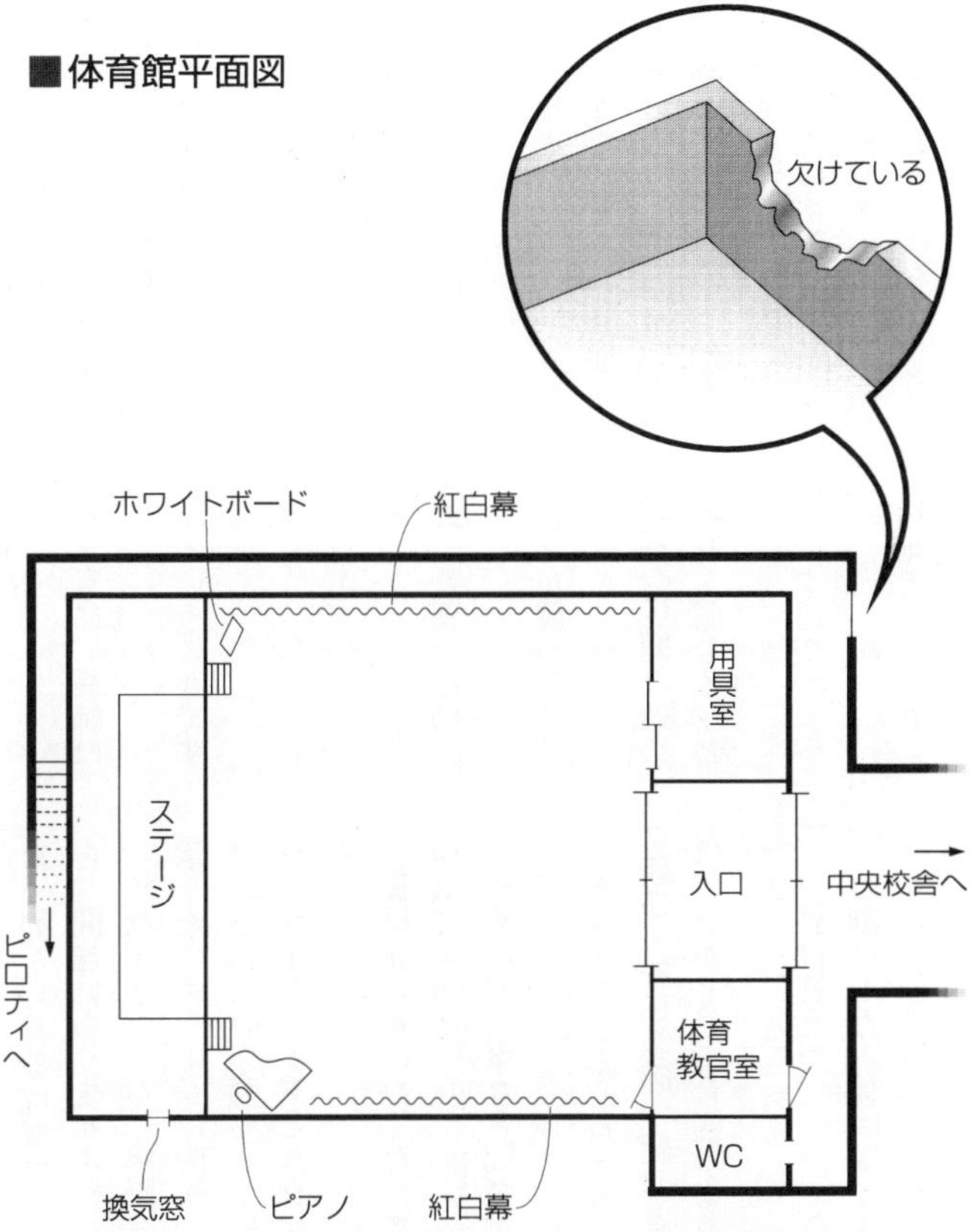
欠けている
ホワイトボード
紅白幕
用具室
ステージ
入口
中央校舎へ
ピロティへ
体育教官室
WC
換気窓
ピアノ
紅白幕

警視は脇野に尋ねた。

「もちろんです。生徒の手本となるように、教師はきちんと背筋を伸ばし……」

「つまり、紅白幕の前に立っていたということですよね」

「はい」

「長尾先生はどちらに立っていましたか？」

「それは、ちょうどあそこの……」

と、左手前方を示したまま、脇野の言葉が途切れた。

彼が指さした先にはグランドピアノが置かれていて、そこだけ壁が剝き出しになっていたのだ。

それは取りも直さず、ピアノの後ろに回り込めば、易々と紅白幕のトンネルの中に身を隠せる、ということを表していた。

「長尾先生はあそこに立っていたんですね？」

警視が確認する。

「はい。わたしはちょうどあの反対側で……ピアノを正面から見る位置で、式を進行していましたから、間違いありません」

うなずきながら、脇野は自分が立っていた場所を示した。ステージに向かって右側の端で、そちらにはきちんと幕が張られていた。隅に、式次第を記したホワイトボードとスタンドマイクが設置されている。

「長尾先生がいなくなっているのに気づいたのはいつ頃ですか？」

警視は、大事な質問ですよ、と前置きをして尋ねた。

「運動部の表彰がおこなわれている時です。次が《新任・転任教師の紹介と挨拶》でしたから、準備はいいかと目で合図しようと思ったら消えていました」

脇野は答えた。

「時刻にしたら何時頃です？」

「九時十分前後でしょう。八時五十分に式が始まって、教頭先生の《開会の言葉》、理事長の訓話が続いて、ですから」

「では、長尾先生があそこに立っているのを最後に見たのは何時頃です？」

「それは……」

脇野は声を落とした。

「八時半に段取りを説明した時は、あの場所に並んでもらいましたが……」

結局、式が始まってからは何も見ていないのだ。これでは証言者としての用をなさない。

「まあ、いいわ。あとで、他の先生方に訊きましょう」

警視はあっさり脇野を切り捨てると、

「えーと、坂下さんと、小日向くん。こっちに来てくれるかな」

のの子と棚彦を呼び込んだ。それから、再び脇野に尋ねる。

「体育館の入口には教師を二名立たせていたという話でしたね？」

「はい、男性教師を二名」

「そうですか。じゃあ……」

と言って、警視はのの子と棚彦を入口の両端に、歩哨《ほしょう》よろしく立たせた。

「ちょっと、あたし、女の子だよ」

のの子は口をとがらせた。

失礼ね、という声を聞き流して、警視は次に頭木保を手招きした。

「探偵くんはあそこから、こっちに歩いてきてちょうだい」

と、ピアノの置いてある場所を指さした。

「長尾先生はきみぐらいの背格好だったから、実験にはちょうどいいでしょう」

「そっちが、あたしの役目だよ」

のの子が無理なことを言う。

そうこうしているうち、紅白幕の中に消えた保が、外から——体育館の入口から入ってきた。

「あれ？　保っちゃん、いつの間に」

「紅白幕の裏から体育教官室に飛び込む際、ドアを静かに、小さく開ければ、まず気づかれないでしょう」

保は警視に報告した。

「ドアノブに指紋はつけていませんから、ご心配なく」

と、ハンカチを振ってみせる。

「小日向くんはどう？　彼が体育教官室に飛び込む姿が見えた？」

警視は棚彦にも質問を向けたが、

「いいえ、注意して見てたけど、ちょっと障害物が……」

「なによ、それ」

障害物が声を上げた。

「あたしは物か」

のの子がわめく。そんな中、

「ふうん、注意して見ようとしたのか、きみは」

警視はなぜかうれしそうに、棚彦の横顔を見つめていた。

「じゃあ、選手交替ね」

言って、のの子と棚彦の位置を入れ替え、今度は琴葉を呼び寄せた。

「次は琴葉ちゃんがピアノのところから歩いてきてね」

もう一度、実験を繰り返そうということらしい。

「あたしはいいよ。何回やっても同じでしょ」

娘は嫌がる。

「だめよ、今度は特別なの。琴葉ちゃんじゃなきゃだめなの」

耳元でささやいて、母親は娘をスタート地点へ送り出した。

「ちょっと、あたしはまた見張り役？」

のの子が不満を漏らす。

「ううん、あなたはもういいわ」

警視は彼女の任を解くと、棚彦だけを体育館の入口から、教官室のドアの前まで引っ張っていった。声を出さないように、と唇に人差し指を当て、扉のほうに向けて立たせる。

何をするんだと訝《いぶか》しがる棚彦に、警視はにこりと微笑み、後ろに回った。

そして——

「えい」

なにがしかのタイミングで彼の背中を押した。

「きゃっ」

琴葉の小さな悲鳴が漏れる。

紅白幕の中を歩いてきた彼女が、ちょうど体育教官室のドアの前に到着したところだった。

「ちょっと、なにするのよ」

棚彦に押しつぶされた格好の琴葉が叫ぶ。

「おれじゃないよ。おまえの母親が……」

「どう？　キスされちゃった、琴葉ちゃん？」

壁と棚彦にはさまれた娘を見て、母親が無邪気な声を上げた。

6

「一体なんのつもりよ、ママ」

体育館の検証を終えると——もちろん、坂下ののの子が脱出に使ったステージ裏の換気窓もチェックした——琴葉は母親に嚙みついた。

「だって、ママ。琴葉ちゃんには幸せになってもらいたいんだもん」

母親は子供のようなことを言った。

「伝説のこと言ってるの？　それなら、もう《霧》も出てないし、泉も鐘の音もないでしょう。キスだけさせようとしないでよ」

琴葉の言うことはもっともだった。

「はいはい、琴葉ちゃんは清純派ね」

警視は取り合わない。そのまま、すたすたと体育館の外階段を降りていく。

途中で一度、振り返って、

「脇野先生」

教師を呼んだ。

「ここに警備員を一人、立たせておいたという話でしたね？」

すぐに話題を切り替える。

「それは階段の上でしたか？　下でしたか？」

脇野が、下だと答えると、

「そう……」

警視は少しだけ考えた顔をしてから、

「小日向くん。きみが死体発見の知らせを持って体育館に向かった時は、この外階段を使ったのよね？　その時、警備員はどこにいたか覚えてる？」

「ああ、そこに座ってたよ」

棚彦は階段の中程にある踊り場を指さした。

「なるほどね」

警視はうなずいた。

「下のほうに座っていたら、《霧》に呑まれてしまうものね。腰を下ろすんだったら、その辺りよね」

「職務怠慢《たいまん》だな」

脇野が言った。

「怠慢だったかどうかは、あとで直接、警備員に訊いてみます」

「でもさあ、別に座っていたって、見張りの役はきちんと果たしていたことになるんじゃないですか。階段を塞《ふさ》いでいたことには変わりないんだから」

棚彦の指摘に、警視は、そうね、とうなずき、一気に階段を駆け下りた。最後の一段は子供のように、両足をそろえてジャンプした。

「もう、いい年して、恥ずかしい」

琴葉が呆れた顔をして見ている。

「琴葉ママ、棚彦のことが好きなのかな？」

久しぶりに声を発したのは八重ちゃんだ。難しい話題の時は――検証中は――口数が少なかったが、こういう時はお喋りになる。

「あたしも年を取ったら、琴葉ちゃんのママみたいな大人になりたいな」

希望しなくてもそうなりそうだ、と琴葉は思った。

「あれが親だと、子供は疲れるよ」

一応、釘《くぎ》を刺しておく。

「でもさ、毎日、楽しそうじゃん」

八重ちゃんも最後の一段をポンと飛び降りた。

確かに退屈な毎日ではない、と琴葉は思う。しかし、階段は普通に降りた。


降りて左に折れると、そこは体育館の一階部分だった。ピロティと呼ばれる構造で、コンクリートの柱だけが数本立っている。

そのピロティの四隅に、発電機のような機械が置かれていた。

「これでスモークを焚いていました」

脇野が警視に説明した。《霧》の発生源というわけだ。

右手奥には、坂下のの子が用意したという走り高跳び用のマットも見受けられ、回り込むと、その上には体育館の換気窓から垂らされたワイヤはしごが揺れていた。

「警備員がきちんと階段の下に立っていれば、はしごを伝って降りてくる坂下の姿にも気づいただろうに」

脇野がいまいましげに声を上げた。

「でも、問題はそんなことではないでしょう」

言ったのは頭木保だ。

「警備員が階段のどの位置に立っていようと、また座っていようと、小日向くんが駆け込んでくるまで、誰も階段を使用しなかったと証言している以上、問題にすべき点は一つです」

保は小説に出てくる名探偵のように一拍おいてから言った。

「殺された長尾先生は外階段を使わずに、体育館から地上に降りたということです」

「いや、しかし、それは……」

脇野は首を振った。

「体育館から地上に出るには……あとは、中央校舎とつながっている連絡通路を使って、校舎内の階段を降りるしかないが……連絡通路には鍵がかかっていたはずだ」

「そうですね。ぼくはそのルートで保健室まで行きましたが、付き添ってくれた日辻《ひつじ》先生は中央校舎に入る時、持っていた鍵でドアを開け、きちんと施錠してから、ぼくを連れていってくれました」

仮病だったけど、とつけ加えて保は言った。

「ぼくは保健室の窓から抜け出しましたが、寝かされていたベッドはカーテンで仕切られていましたから、日辻先生はずっとぼくが休んでいるものと思って、室内にいたはずです」

「日辻先生というのは養護教諭の先生だね。いいわ、本人にはあとで確認を取っておくから」

警視は言って、

「それで、肝心の連絡通路の鍵は、他に誰が持っていましたか？」

脇野に訊いた。

「二年と三年の学年主任です。二人とも、最後まで体育館の中にいました」

「ということは……」

一同に沈黙が流れた。いくら紅白幕のトンネルを抜け、体育教官室を通って外へ出たとしても、連絡通路の鍵を持たない長尾先生が、地上で殺されることなど不可能ではないか。

「逆密室ということですね」

保が言った。気のせいか、声が弾んでいるようだ。

「密室状態の体育館から抜け出した長尾先生は、その密室の外で遺体となって発見された。いや、朝の八時三十分を回れば学園の門は閉鎖されるから、体育館の外も密室だったと言える。つまり、長尾先生は密室から密室へ移動し、そこで殺されたということだ」

連鎖密室――それが、一九九八年、彼らが最初に遭遇した殺人事件だった。

第三章　二つの疑問点

1

「なんで、あたしがあんたと二人で帰らなきゃならないのよ」

ピロティで解散を言い渡されると、羽月琴葉は小日向棚彦に文句を言った。

「仕方ないだろ。放送部の連中は明日の入学式の準備があるって言うし、頭木保とかいう先輩はおまえの母親にくっついて離れないし……」

棚彦は口をとがらせる。

「だいたい、ママもママだよ。人殺しのあったあとなんだから、入学式ぐらい延期させればいいのに。そうしたら、八重ちゃんと一緒に帰れたのに……」

琴葉はぶつぶつとつぶやく。

「いいから、黙って帰ろうぜ」

棚彦はうながす。

「だから、なんであんたと……」

琴葉はぷいと背中を向け、独りで校門に向かって歩き始めた。

「おい、どこ行くんだ?」

その後ろ姿に棚彦が声をかける。

「そっちは裏門だぞ。鍵がかかってて、出られない」

「え」

振り向く琴葉。

「だって、あたし、今朝、あの門から……」

と、前方に見えている、木製の扉を指さした。確かに今朝、彼女が乗り越えた門だった。

「だから、あれは裏門だって。工事車両とか、大きな荷物の搬入がある時にしか使われない車専用の出入口だ」

棚彦は説明する。

「普段から警備員がいないから、遅刻した時なんかは、おれもあの門を乗り越えて構内に入るけどな」

それで今朝は、門の周りに誰もいなかったのか――と、琴葉は納得した。

「あれ？　でも、この学園に警備員て何人いるの？」

ふと、そんなことを疑問に感じた。

「二人だよ」

棚彦が答える。

「それじゃあ……そのうちの一人は体育館の外階段の見張りに回されていたんだから、始業式の間中、正門には警備員が一人しか残っていなかったことになるじゃない。もしかしたら、その人がこっそり持ち場を離れて長尾先生を殺したのかも……」

「だろ？」

棚彦は自分もそのことには気づいていたようにうなずいた。

「だから、一緒に帰ってやるって言ってるんだよ」

「…………」

琴葉は咄嗟に言葉を返せなかった。悔しいけれど、少しうれしかった。

たとえ本当に警備員の一人が犯人であっても、琴葉たちは犯行現場を目撃したわけではない。その警備員と顔を合わせたところで、襲われるいわれもない。それでも、一人で帰るよりは、二人のほうが心強いではないか。

「一緒に帰ってあげてもいいけどさ、もしもの時はあんたを盾にして、あたしは逃げるからね」

「殺されたら化けて出てやるぞ」

「その時は祈禱《きとう》師を呼ぶよ」

言いながら、琴葉はいつの間にか自分が棚彦のそばに寄り添っていることに気づいて、慌てた。跳びはねるようにして距離を取ろうとしたが、

「来い、正門はこっちだ」

棚彦のほうが先に歩き出してしまった。

ピロティを抜け、中央校舎と体育館をつないでいる連絡通路の下を通り、下駄箱のある一階部分を突

っ切る。正門まではそれが近道なのだそうだ。

途中、ピロティの片隅に置かれたままのマット――坂下のの子が体育館からの脱出用に敷いた走り高跳び用のマットだ――に、何度もダイビングしたり、職員用の下駄箱を開けて回ったり、東校舎の一階にある保健室の窓から日辻先生に声をかけたりしたのは余計な寄り道だったが、その都度、棚彦は周囲の施設を説明しながら、琴葉を正門まで導いた。彼なりの学園案内のつもりだったのだろう。

「いよいよ殺人鬼との対決だな」

その棚彦が軽口を叩いた。

「迷わず成仏してね」

琴葉も返す。

正門は先の裏門と違い、素通しの鉄柵で出来ていた。下に車輪がついていて、それで片側にスライド出来るようになっている。登下校時には三十分だけ開放されるらしいが、今は当然、閉ざされている。琴葉たちはゲートの左端に設けられた通用門から出て行かなければならない。

そして、その通用門の脇には警備員が待機している詰め所がある。

「あれ、きみ、まだ構内にいたのか？」

受付の窓から初老の警備員が顔を出して、琴葉を呼び止めた。

「あ、はい」

初対面の相手に声をかけられて琴葉は戸惑った。ホラー映画なら、ここで緊迫感を煽る音楽が流れ出すところだ。

「他の子は？」

警備員はなおも訊いてくるが、

「さあ……」

琴葉は何をどう答えていいのかわからなかった。

「さあって、きみ。清白高校から来た子だろ？」

警備員はデスクトレイに収められていた紙片を手に取りながら言った。噂に聞く、遅刻者が記入を義務づけられているという用紙のようだ。

しかし、琴葉は今朝、そんなものは書いていない。それなのに、警備員はまるでそこに琴葉の記載があるかのような話し方をしている。

「あ、あの、さようなら」

薄気味悪くなって、琴葉はその場から駆け出した。

幸い、殺人鬼と化した初老の警備員が追いかけてくることはなかった。

棚彦を置き去りにしたことが、少しだけ気がかりだったが、もしもの時はお線香を上げてやるから許してね、などと思いながら、彼女は一目散に虹川町の駅へ向けて走りだした。

2

家に帰って落ち着くと、もしかしたら、あの警備員が見ていた紙は転校の際に学園に提出した書類のコピーではないかと琴葉は思い始めた。

それなら、彼女の前の学校名を知っていても不思議はないし、写真も貼付してあるから、こちらが初対面でも、あちらが見知っていて当然だ。『他の子は？』と訊いてきたのは、きっと琴葉の他にも転校生がいたのだろう。

うん、そうに違いない。

納得したら急にお腹が空いてきた。壁にかかっている時計を見れば、午後三時を回っていた。

「なんだ、ちょうどおやつの時間じゃない」

琴葉は今朝コンビニで買いだめしたメロンパンをバッグの中から取り出した。

封を切ると、甘い香りがほのかに漂う。

――正しいメロンパンの食べ方、知ってるか？

いつものように、頭の中にあの声が甦《よみがえ》った。

幼い頃、近所に住んでいた男の子が、秘密だよ、と言って教えてくれた《正しいメロンパンの食べ方》。あの日から、琴葉はメロンパンが好きになった。理由はわからない。自分と男の子だけが知っている、秘密の食べ方だからだろうか？　だから、特別おいしく感じるのだろうか？

答えはない。でも、メロンパンが好きなことには変わりない。おいしいと思うことに違いはない。琴葉はそれで満足だった。

袋からまるまる一個メロンパンを取り出すと、《正しい食べ方》でパクリと嚙みつく。

——幸せ。

そう思った瞬間、居間の電話が鳴った。

「もふもふ」

ナンバーディスプレイが《ランドウヒロミ》という名前を表示しているのを確認して、彼女はメロンパンを頰張ったまま受話器を取った。

蘭堂《らんどう》ひろみは前の学校の友達だ。クラスは違ったが、テニス部で一緒だった。

「ああ、やっと出た」

開口一番、ひろみは言う。どうやら何度もかけていたらしい。

「あんた、もういい加減、携帯買いなさいよね」

これは家の電話にかけてきた時の、ひろみのいつもの口癖だから、琴葉は応えない。もう一口、メロンパンを頰張る。

「せめて留守電ぐらいセットしておくとかさ……」

受話器の向こうでわめいているが、セットしたらしたで、今度は伝言を吹き込むのは緊張する、と文句を言うのが蘭堂ひろみであることを琴葉はよく知っていた。

「ほいほい」

だから、ここでも聞き流す。

「あ、なんか食べてるでしょ」

食べ物に関して敏感なのも蘭堂ひろみだ。

「食べてないよ。それより何かあったの？」

口の中のものを慌てて飲み込んで、琴葉は話題をそらす。

「それはこっちの台詞だよ。あんたのほうこそ、何があったのさ」

逆に訊かれた。

「何がって、何が？」

琴葉も聞き返す。

「今日のことだよ。今日、そっちの学校で練習試合があったんだからね」

「練習試合って、テニスの？」

「そう」

「どこと？」

「うちと」

「清高と？」

「だから、そう」

「なんだ……教えてくれればよかったのに」

「だから、それが中止になっちゃったの。こっちは、いきなり行ってあんたを驚かそうと思ってたのに。テニスの試合なら、まだ入部してなくても、琴葉、見にきたでしょ」

「そりゃあ、知ってれば行ったけどさ。今日、うち、始業式だよ」

「そんなの知らないよ。こっちは入学式で休みなんだから関係ないもん。やっぱ、あれでしょ、スポーツ特待生を抱えている学校は『いつ何時、誰からの挑戦でも受ける』ってやつでしょ」

「そうなのかな」

「そうだよ。だから、始業式のあとでも練習試合を組んじゃうわけよ。しかも、相手がテニスの申し子、蘭堂ひろみ様となれば断る理由もない、と」

テニスの申し子とは大きく出たものだが、確かに緑川蘭子《みどりかわらんこ》と藤堂貴之《とうどうたかゆき》、それに岡《おか》ひろみの名を合わせ持つ蘭堂ひろみは、ある意味、テニスの申し子と言えなくもない。彼女の母親が蘭堂家に嫁いだ時、もし女の子が生まれたら、迷わず学生時代に好きだったテニス漫画の主人公の名を娘に与えようと考えたのだそうだ。

もっとも、成長した娘は岡ひろみではなく、相川《あいかわ》マキになってしまったというのが、もっぱらの評判だ。

それはともかく、蘭堂ひろみは怒っている。

「そうしたらさ、いきなり中止の電話が入ったわけよ。こっちは試合用のジャージに着替えて、やる気満々で清白駅に集まってたのに」

ジャージ姿で千葉から横浜まで電車に揺られてくるつもりだったのか、と琴葉は思う。

「せっかく、新しいウェアも買ったのに。ま、不先勝も勝ちのうちだから、いいけどさ」

どんな時もひろみは自分のいいように物事をとらえる。

「殺人事件があったんだよ」

琴葉は言う。

「え」

「殺人事件」

「うそ」

「ほんと」

「誰が殺されたの……って、あたしの知らない人だよね」

「ううん。化学の長尾先生」

「うちの？」

「うん」

「うそでしょ」

「ほんと」

「どうして、長尾先生があんたの学校にいたのさ？」

「四月からこっちに転任だったんだって」

「へえ」

「そんなわけでさ。さっきまで、学校に残されてたんだよ、あたし」

「あんたが犯人だから？」

「そんなわけないでしょ」

「で、本当の犯人はつかまったの？」

「つかまってないけど、時間の問題だね。こっちの学校、清高と一緒で部外者の出入りが厳しいんだ。校門で名前を書かないと、中に入れてくれないの」

「じゃあ、あたしたちも今日そっちに行ってたら、面倒だったね。応援団も入れると二十人ぐらいの大所帯だったから」

「二十人？　なんで、そんなに多いのさ。いつもは選手と顧問だけじゃない」

「それは、ほら……みんな、あんたに会いたいから」

「ほんと？」

「うーん。……うそ」

「なんだよ、それ」

「ホントはね、琴葉の学校、スポーツだけじゃなくて、芸能の特待生もいるでしょ。それで、みんな、試合にかこつけて行きたがってさ」

「それって、うちの学園に芸能人がいるってこと？」

「そうだよ。あんた、自分の学校のことも知らないの？　霧舎学園には《スポーツ・芸能》コースっていうのがあるでしょ。一能一芸に秀でた生徒だけを集めたクラス——競技会とか芸能活動を優先させたカリキュラムを組んでるっていう……」

「なんで、ひろみがそんなこと知ってるのよ」

「だって、書いてあったもん。練習試合に行くのに、駅から学園までの地図が欲しいって言ったら、FAXで送られてきたんだ。《入学案内》のパンフレットをコピーしたみたいでさ、用紙の上半分が地図で、下半分には進学の類型とかクラス編成が書かれてた」

それなら自分ももらった、と琴葉は通学バッグに突っ込んだままの《入学案内》を取り出した。

「あ、ほんとだ。各学年の十組は《スポーツ・芸能》コースだって書いてある」

「でしょう？　で、インターネットで調べたら、エミューとか、湯浅《ゆあさ》アユとか、あんたと同学年なんだよ」

「うそ」

「ほんと」

道理で、テニスの試合が中止になったぐらいで、怒りの電話をかけてきたわけだ、と琴葉は思った。

ひろみは男四人のアイドルグループ、エミューのボーカルの大ファンだし、カラオケに行けば湯浅アユの曲を歌いまくる。

「テニスの申し子が聞いて呆れるよ」

「何とでも言え。テニスの申し子だって、人の子なんだ」

ひろみはひらき直った。

「あんたこそ、どういうコネで入ったか知らないけど、せっかく霧舎学園に転校したんだからサイングらいもらって、こっちに送りなさいよね」

「だったら《入学案内》送ってあげるよ。それで、ひろみも転校してくればいいじゃん」

「簡単に言うな」

二人の他愛もない会話は、このあと延々と続いた。しかし、その中に今回の事件を解決する大きなヒントがあることを琴葉はまだ知らなかった。

3

母親が帰ってきたのは、夜の九時過ぎだった。

さすがにもう蘭堂ひろみとの電話は終わっていた。

食事の用意も出来ている。ミート、トマト、ホワイトの三つのソースを巴《ともえ》にかけた、琴葉特製の三食パスタだ。麺を茹でて、缶詰のソースを振り分けただけなのだが、『料理はするものではなく、食べるものだ』が身上の彼女の母親は、その色合いだけを見て、琴葉ちゃんもお料理がうまくなったわね、と目を細めた。

「今度、棚彦くんにも作ってあげたらいいのに」

昼をミートソースでオレンジ色にしながら母親が言った。

「なんで、あいつに」

先に食事を終えていた琴葉は、雑誌のページをめくるのをやめて顔を上げた。

「だって、好きなんでしょ？　棚彦くんのこと」

母親は当然のことのように微笑む。

「どこからそういう話が出てくるの」

「あら、好きじゃないの？」

「当たり前でしょ」

「そうかな……。でも、そのうち好きになるわよ、彼のこと」

「はあ？」

「だって、キスしちゃったんでしょ」

「…………」

——この親、なんで知ってる？

琴葉は探るように母親の顔を見た。

「ほら、琴葉ちゃんはね、そうやって黙った時のほうがおしゃべりなの。顔に書いてあるから、ママにはすぐわかっちゃう」

「…………」

「あの時もそうだったのよ。今日の昼、噴水の前でママが《キスの伝説》の話をしたら、琴葉ちゃん、何にも言わずに棚彦くんの顔をじっと見つめてたじゃない？」

「あれはにらんでたんだよ」

「どうして？」

「…………」

当然、琴葉は答えられない。

「はい、琴葉ちゃんの負け」

「勝ち負けの問題じゃないでしょ」

「でも、ママには本当のこと、話してほしいな」

「プライバシーの侵害だよ」

「違うんだなあ、琴葉ちゃん。これは犯罪捜査なの」

羽月倫子警視は母親の顔のままで現実的な台詞を口にした。

「どういうこと？」

訊く琴葉。

「いい、琴葉ちゃん。あなた、今朝、悲鳴を上げたでしょ？」

「……うん」

長尾先生の死体を見つけた時だ。

「それも、立て続けに二回」

もう一回は棚彦に唇を奪われて、胸を触られた時——。順序としては、そちらのほうが先だ。

「その悲鳴をね、放送部の八重樫《やえがし》さんが聞いているのよ」

八重樫さんとは、八重ちゃんのことだ。フルネームは八重樫皐月《さつき》という。真ん中の漢字二つが難しいから、小学生の頃から《八重ちゃん》と呼ばれていたそうだ。

「時刻は九時五分頃だったたって言うんだけど、琴葉ちゃんの記憶ではどうかな？」

「もうちょっと早かったはずだよ。あいつにキスされた時、ちょうど時計塔の鐘が鳴ってたもん。悲鳴を上げたのは、そのすぐあとだったから五分も経ってないよ」

「あ、やっぱり、キスしてたんだ」

母親はにんまりと笑った。犯罪捜査なのか、娘の秘密を聞きたいだけなのか、よくわからない。

「それでいいのよ、琴葉ちゃん。時計塔の針はね、五分遅れていたの。だから、あなたが九時の鐘を聞いたのなら、それは九時五分だったたっていうこと。八重樫さんの証言とも一致するわ」

再び犯罪捜査になった。

「で、そうなると、問題は二つなんだな」

母親は指を二本立てた。

「一つはね、体育館の中にいた八重樫さんに聞こえたあなたの悲鳴が、どうして体育館の外階段で見張りをしていた警備員には届かなかったのか」

「あ」

確かに、女の子の悲鳴が聞こえたのなら、警備員は持ち場を離れてでも様子を見にくるはずだ。

「ね？　おかしいでしょう。保健室を抜け出した直後だった頭木くんでさえ、琴葉ちゃんの悲鳴を聞いてすぐに現場に駆けつけたのによ。まあ、あの探偵くんは特別だとしても、警備員が外階段に座ったままだったというのは不自然よねえ」

まるで琴葉になにがしかの見解を求めるような視線で言ってから、母親は指を一本折った。

「そして、もう一つの不思議は、坂下ののの子さんの行動——」

と、またしても娘をじっと見た。

「彼女は体育館のステージ裏の換気窓から縄ばしごを垂らして抜け出したんだけど……その窓が開いていたから、琴葉ちゃんの悲鳴は八重樫さんの耳にも届いたんだけど……問題は、坂下さんが体育館を脱出した時刻なんだ」

母親はテーブルに置いてあった手帳を引き寄せた。

「放送部員の三人が八時の段階ですでに体育館に入っていたことは脇野先生の証言で確かなんだけど、そこから先は……彼女たちはステージ裏にこもって準備を始めたから、誰にもその姿を見られていないの」

琴葉には母親が何を言いたいのかわからなかった。

「つまりね、坂下さんは探偵くんにキスをしようと体育館を抜け出したと、ママは思ってるのよ」

「うん。それはあたしもそう思う」

「そうするとね、伝説を成就するには『霧立つ春の日、鐘の音と共に、泉の前で』口づけを交わさなくちゃならないでしょう?」

「ばかげた伝説だけどね」

「それはともかく、学園の中で《泉》っていったら、当然、あの《噴水》のことだよね。琴葉ちゃんと棚彦くんがキスをした……」

「…………」

「どうしてあなたたち二人が噴水の前でキスをした時、そこに坂下さんはいなかったのかしら?」

「あ」

そう言えば、と琴葉は思い出していた。棚彦に唇を奪われ、悲鳴を上げ、死体を見つけて、頭木保が駆けつけた。……そして、最後に坂下のの子が現れた。

　もし、のの子が保とキスをするために体育館を抜け出したのなら、彼女はずっと噴水の前で保を待っていなくてはおかしい。保は《真の求道者》になるために『霧立つ春の日、鐘の音と共に、泉の前で、同じ星の下に生まれた』女の子が来るのを待っていたのだから、目的は違えど、のの子もまた黙って噴水の前でたたずんでいれば、保と出会うことが出来たはずだ。

「坂下さんが探偵くんを探して構内を走り回っていた、という可能性は限りなくゼロに近いわよね」

　同意を求めるように母親が言った。

「彼女と同じ放送部の成沢冬美さんの話では、坂下さんが体育館を抜け出したのは始業式が始まってすぐ八時五十五分頃だったんですって。でも、その坂下さんが噴水の前に現れたのは、探偵くんの話では九時十五分頃」

　体育館から噴水の前まで移動するのに二十分もかかるはずがない――。

「成沢さんが勘違いしているとか……？」

　琴葉は言ってみた。のの子が噴水のところに走り込んできたのは確かに九時十五分前後だったから、体育館を抜け出した時刻のほうに誤りがあるかもしれないと考えたのだ。

「それはないみたい。八重樫さんも、運動部の表彰がおこなわれた九時の段階ではすでにステージ裏に坂下さんの姿はなかったって証言してるし、そもそもキスは鐘の音と共にしなくちゃならないんだから……時計塔の針が五分遅れていることを坂下さんが知っていたとしても……九時前後には抜け出していないと間に合わない計算でしょ」

「確かに」

　琴葉は納得した。

「それで、肝心の坂下さんは何て言ってるの？」

「さあ」

母親は首を振った。

「さあって、訊いてないの？　警察なのに」

「だって、この矛盾を言い出したの探偵くんなんだもん。それも、みんなが帰ったあとに」

「なに、それ」

「だから、詳しいことは明日また学園に行って本人に訊くの。警備員への事情聴取もしなくちゃいけないし、明日は大忙しよ」

ひとごとのように言う。

「だったら、なんで、そんな話、あたしにするのよ。てっきりもう犯人のめどがついて、それで、話してるのかと思ったじゃない」

「だって……」

「呆れた。いくら家族でも、捜査中の事件の話なんかしちゃいけないんでしょ」

「だって、フェアにいきたかったんだもん」

母親は拗《す》ねたように言った。

「はあ？」

声を上げる琴葉。

「言ったでしょ。今の疑問点、探偵くんが指摘したって」

「だから、なによ」

「だから、今のこと、琴葉ちゃんから棚彦くんに伝えてあげてほしいの」

「なに言ってるの、ママ？　どうして、ここで棚彦が出てくるのよ」

「あ、棚彦って、名前で呼んだ」

指さす母親。

「茶化さないで」

手を払う娘。

「だからね、ママは探偵くんじゃなくて、棚彦くんこそ、本当の《求道者》だと思ってるわけ」

「ああ、わけわかんない。本気なのか、冗談なのか、はっきりしてよ」

「あら、ママは最初から、全部、本気よ」

オレンジ色の唇で羽月倫子警視は笑った。

4

「いい、琴葉ちゃん？　棚彦くんの生年月日は一九八一年の五月九日なの。ママ、事件の資料として関係者のプロフィールを集めたから、これは確かなのよ」

「だから、なに」

「琴葉ちゃんと同じ生年月日じゃない」

「だから？」

「探偵くんも——頭木保くんも同じ誕生日だけど、彼は三年生だから一九八〇年生まれよね。厳密には琴葉ちゃんと『同じ星の下』とは言えないわ」

「もしかして、あのおかしな伝説のこと言ってるの？」

琴葉は呆れる。

「あんなの探偵ごっこが好きな先輩が伝説にかこつけて、自分に都合のいいように言ってるだけだよ」

「ところが、そうでもないんだな。実際にママが霧舎学園の生徒だった頃も、似たようなことがあってね」

「それはキスの伝説のほうでしょ。昼間、八重ちゃんに言ってたじゃない。まあ、あれも作り話だと、あたしは思ってるけどね」

「信じないの？」

「信じるほうが、どうかしてるよ」

「でも、ママ、今も幸せよ」

「え」

一瞬、母親が何を言っているのかわからなかった。

「それって……」

「そう、むかし始業式を抜け出して、霧の中でキスをして幸せになったカップルって、パパとママのことなのよ」

「うっそー」

琴葉はめまいがした。

「冗談でしょ」

「ママ、冗談は嫌い」

母親は微笑んだ。

「琴葉ちゃん。パパとママの結婚記念日、覚えてる？」

「十月十日でしょ」

「じゃあ、なんでその日に結婚したか……」

「それは……二人の誕生日が同じ十月十日だったから」

同じ星の下に生まれた男女——。

「伝説とちょっと違うのは、パパじゃなくてママが、探偵じゃなくて警察官になっちゃったことかな」

羽月倫子警視はおどけて敬礼をしてみせた。

「でも、あの時のパパ、かっこよかったよ」

「勘弁してよ」


「だからね、琴葉ちゃんも棚彦くんと仲良くしてほしいの」

「そんな勝手な……」

「歴史は繰り返す——ってね」

「繰り返さなくていい！」

「あら、琴葉ちゃんは棚彦くんのことが嫌いなの？」

当たり前でしょ、と言おうとして言葉が出なかった。

——だから、一緒に帰ってやるって言ってるんだよ。

不意に、棚彦の声が頭の中に甦って、なぜだか心臓がドキンと鳴った。別にときめくような台詞じゃないのに……。

「好きでも嫌いでもないよ。あんなやつのこと」

余計にむきになった。

「特別、かっこいいわけでもないし、頭がいいってわけでもなさそうだし……」

「まあ、琴葉ちゃんは、かっこよくて頭のいい男の子が好みなの？」

母親はわざとらしく驚いてみせた。

「かっこ悪くて、頭も悪いよりは、ずっといいでしょ」

「男を見る目がないのね」

「なによ、それ。自分だって、パパはかっこよかった、って言ったじゃない」

「わかってないな。男の子をかっこよくさせるのは、女の子の役目なのよ」

「………」

「いいわ、じゃあ、こうしようよ、琴葉ちゃん。もし今度の事件を探偵くんよりも先に棚彦くんが解決できたら、その時は琴葉ちゃんは彼とおつきあいをする」

「なんで、そうなるの？　第一、あいつのほうだって、あたしのことなんか何とも思ってないよ」

「何とも思ってなかったら、彼には事件は解決できないわ。その時はママもあきらめるから」

よくわからない申し出だが、それで静かになってくれるのなら手を打とう、と琴葉は思った。どうせ、犯人を捕まえるのは警察の仕事だし、たとえ素人探偵が先を越すようなことがあったとしても、それは自ら《真の求道者》を名乗る頭木保に与えられたポジションであって、その《探偵》を出し抜いてまで小日向棚彦に事件が解決できるとは思えなかった。

「いいよ、そうしよう」

琴葉は了解した。

「絶対だね」

確認する母親。

「魔王に誓います」

琴葉は右手でVサインを作り、それを目の下に当てた。《ゆびきり》の代わりである。

「じゃあ、琴葉ちゃんはさっきママが言ったことを、ちゃんと明日、棚彦くんに伝えるんだよ」

母親は満足げにうなずいて、もう冷めてしまったパスタをおいしそうに口に運んだ。

「明日は入学式で休みだよ」

娘は言う。

「犯罪捜査にお休みはないの」

「あたしは休みだよ。棚彦だって」

「ううん。彼はきっと学園に行くわよ」

母親は首を振った。

「どうして？」

「それはね……彼が今日、琴葉ちゃんと出会ってしまったから。あなたと最初のキスをしてしまったから……」

またしても、わけのわからないことを言った。

第四章　検証される謎

1

翌朝、母親の運転する警察車両に強引に押し込められた琴葉は、そのまま霧舎学園まで連行された。

「もう、琴葉ちゃんがぐずぐず言ってるから、時間ぎりぎりじゃない」

車ごと裏門へ突っ込んだ母親はすぐに娘をシートから引きずり降ろし、腕時計を見た。八時三十分を回ったところだった。

「あまり遅いので、来られないのかと思いましたよ」

二つしかない車止めの所に立っていた脇野教諭が声を上げた。

「琴ちゃん、遅刻」

その後ろから、八重ちゃんが顔を出す。よく見ると、少し離れた場所には成沢冬美と坂下のの子の姿もあった。

何が始まるんだ、と琴葉が母親を見ると、

「今日の入学式を利用してね、昨日の朝の再現をしてもらおうと思ったの。それで、放送部のみんなにも集まってもらったわけ」

羽月警視は言った。

「では、お約束通り、署長さんは校舎内から体育館へ」

脇野が正面に見える建物を指さした。

「あと五分もすると新入生が教室から出てまいりますので、急いで下さい」

と、歩き始める。T字形の校舎の縦棒と横棒が交わるあたりに昇降口が見えていた。

「西校舎から入って、白レンガ棟を抜けると中央校舎に出られます。あとは二階へ上がって、連絡通路で……」

言いながら脇野は歩き始めた。放送部の三人もあとに続いている。

「琴ちゃんもおいでよ」

八重ちゃんが誘ってくれたが、琴葉は首を振った。

「いったい何なの、この慌ただしさは」

つぶやく。

「なんで、あたしがママの再現実験につき合わされなきゃいけないのよ」

ぷくっとふくれて、腕組みをした。意地でも追いかけるもんか、と思う。

「昨日から反抗期なのよ、あの子。放っておけばいいわ」

母親の声が聞こえた。

「ああ、勝手にするわよ」

琴葉は拗ねたように言って、背を向けた。

——だいたい、棚彦なんていないないじゃない。

と、思う。

今日、自分がここへ連れてこられたのは、あいつに会って、警察の捜査状況を伝えるためだったのではないのか。そのために昨夜《ゆうべ》、母親とあんな約束をしたのではないのか。

考えると、ますます腹立たしくなってくる。

「棚彦のばか」

口に出してしまってから、彼の姿を探していた自分に気がついて、琴葉は戸惑った。

「《探偵くん》もいないし……」

慌てて、つけ加えてみるが、少し空しかった。

琴葉はスカートのポケットからメモ用紙を取り出した。昨夜、母親に聞かされた話を基に作成した事件関係者のタイムテーブルだった。

■タイムテーブル

8:00	放送部員、体育館のステージ裏へ
8:30	登校時間（校門閉鎖） 長尾先生、体育館で始業式の打ち合わせ
8:40〜45	全校生徒、体育館へ集合
8:50	始業式開始
8:55	坂下のの子、換気窓から脱出 頭木保、日辻先生に付き添われて保健室へ
9:00	羽月琴葉、登校
9:05	長尾先生の死体発見。噴水の前には琴葉と小日向棚彦。
9:10	噴水の前に頭木保、駆けつける
9:15	噴水の前に坂下のの子、駆けつける

――なんで、こんなの書いちゃったんだろう、あたし？

答えのわかっている疑問を自分に問いかける。

――そっか、《探偵くん》に見せて事件を解決してもらいたかったんだ。万が一、棚彦が先に解決したら困るから……。

無理に思って、ますます空しくなった。

歩きだす。

足は自然と噴水のあるほうへ、体育館のあるほうへと向かっていた。

「あれ？」

T字形の校舎の角を曲がると――西校舎というらしい――昨日と変わらず、地面一面に《霧》が立ち込めていた。

腕時計を見れば、ちょうど九時である。時刻まで昨日と一緒だ。

――このあたりに長尾先生の死体があったんだよね。

そう思うと、足がすくんだ。無意識に死体の転がっていた地点を迂回する。

「うわ」

コースを変えたとたん、何かに足を引っかけてつんのめってしまった。

周囲の《霧》が一瞬払われる。

「え」

そこには頭に斧《おの》が刺さった男が、顔中を血だらけにして横たわっていた。

「きゃあああああ」

琴葉は今日も悲鳴を上げてしまった。

男は詰め襟の学生服を着ていた。高校生にしては随分と小柄だ。

琴葉の知っている中で、この身長に合致する人物は一人しかいない。

頭木保である。

だが、人相が違った。血まみれであることと、スモークによる視界の悪さを差し引いても、あの女の子のような顔立ちの頭木保とは似ても似つかない面相をしていた。さらさらの髪の毛も、粘土で固めたようになっている。

琴葉は勇気を出して顔を近づけてみた。すると、

「きゃあああ」

再び悲鳴を上げて、しりもちをついてしまった。

死体の手が、まるで柩《ひつぎ》に収められたミイラが蘇生するかのように持ち上がり、そのまま上半身を起こしたのだ。

伸ばされた両手は真っ直ぐ頭頂部に突き刺さっている斧の柄を握り、一気にそれを引き抜いた。

いや、抜けたのは斧ではなく、頭そのものだった。

斧に付随している顔全体がすっぽりと抜けてしまったのだ。というより、血まみれの顔の皮が一枚、ぺろんとむけてしまったのだ。

2

——むけた？

琴葉は混乱した。

「ごめん、驚かせて」

すると、一枚めくれた皮の下から、傷一つない、透き通るような白い肌の頭木保の顔が現れた。

手には、斧の刺さった血まみれ男のマスクがぶら下がっている。肝試しやパーティでおなじみのゴム製のマスクだ。

恐怖と、それに続く安堵《あんど》で、琴葉はすっかり腰が抜けてしまっていた。

「なんでこんなことを……？」

ようやく、それだけを訊く。

「実験だよ」

保は事もなげに答えた。

「昨日と同じように《霧》が立ち込めてるだろ。だ

から、その中に横たわっているぼくが、あそこから見えるかどうか確かめていたんだ」

言って、保は中央校舎と体育館をつなぐ連絡通路を指さした。昨日は始業式に向かうため、二、三年生が、今日は入学式に臨む新入生が通った廊下だ。

「もし、あの通路の窓から下を見た時、ぼくの姿が目撃されれば、生徒たちは騒ぎ出したに違いないだろ」

そりゃあ、こんなグロテスクなマスクをつけていれば、と琴葉は思う。

「ということは、昨日、ここに長尾先生の遺体が横たわっていても同じことが起きたんじゃないかとぼくは思うんだ」

「だから?」

琴葉は訊いた。

「そんなこと、実験しなくても、長尾先生は昨日、八時半の時点で体育館にいたことがわかっているんだから、殺されたのはそれ以降……あたしが死体を発見する九時五分までの間だって、最初からわかってるじゃないですか」

昨夜、タイムテーブルを作ったおかげで、琴葉は時間的な流れをきちんと把握していた。保はそのことに少し驚いたような顔をしてから、

「そうだね。つまり、ぼくたちはその三十五分間のアリバイを検討しなくちゃならないということだ。もし連絡通路からのぞいた時に遺体が見えるようだったら、殺されたのは生徒たちが体育館に入ってから……つまり、始業式の始まった八時五十分からの十五分間だけを問題にすればよかったんだけど」

「たったそれだけのことを調べるのに、こんな大袈裟な実験をしたんですか?」

琴葉は半ば呆《あき》れて訊いた。わざわざ調べなくても、死体が《霧》で見えなかったことぐらいわかりそうなものだ。

「いや、この実験はおまけだよ。本当の目的は……ほら、あれ」

保は言って、体育館のほうを指さした。

誰かがこちらに向かってくるところだった。

3

やってきたのは学園の警備員だった。

昨日、正門で琴葉に声をかけてきた初老の男性とは別の、まだ三十前と思われる青年だった。

「いま悲鳴が聞こえたけど……」

警備員はいぶかしげに琴葉と保を見た。

「あなたを呼んだんですよ」

保が答えた。

「呼んだ？」

「はい。女の子の悲鳴を聞いて、あなたが駆けつけてくるかどうか」

「くるに決まってるだろ」

からかわれたと思ったのだろう、警備員は表情を険しくした。

「それなら、どうして昨日は姿を見せなかったんですか？」

保はさらりと訊く。

「羽月さん。きみは昨日も、今と同じぐらいの大きさの声を上げたよね」

なるほど、そういうことか——と、琴葉はうなずいた。

これが実験の本当の目的だったようだ。普通に警備員に問いただしても、昨日の悲鳴は聞こえなかった、と言われればそれまでだから、こんな手の込んだ実験を画策したのだ。昨日と同じ状況で琴葉に悲鳴を上げさせ、今度は駆けつけるであろう警備員に、自分で自分の行動の矛盾を説明させようとしたのだ。

おそらく、この実験には琴葉の母親も一枚嚙んでいるのだろう。そうでなければ、こうも都合よく、今日、この時間、この場所に、琴葉が足を踏み入れるはずがない。全ては娘の性格を熟知した羽月警視が、巧みに琴葉の行動を操った結果なのだ。

「昨日の悲鳴はたまたま聞こえなかったんだ」

警備員が言った。

「だいたい、本当の悲鳴と、わざと上げた叫び声じゃ大きさは違うもんだろ」

警備員はもっともらしい顔で首を振ったが、その言い訳は通用しなかった。そのための琴葉を巻き込んでの実験だったのだから。

しかし、保が、今の悲鳴は本物だった、と説明しても、警備員は聞こえなかったの一点張りで引かなかった。相手が女生徒と短身白皙《はくせき》のひ弱そうな高校生相手なら突っぱねることが出来ると思ったのかもしれない。

「別にあなたを責めようというわけじゃないんだけどなあ」

保は残念そうに言ってから、

「まあ、いいですよ。実験の結果は得られましたから」

それ以上、追及することなく、警備員を置き去りにする形で、すたすたと体育館に向かって歩きだしてしまった。

「きみも来る？」

ついでのように琴葉にも声をかけた。

4

体育館の一階部分にあたるピロティまで来ると、今度は目の前に人が降ってきた。

坂下のの子である。

落下した位置には走り高跳び用のマットが敷かれていて、のの子はそこに、べちゃっという感じで着地した。頭上では、ワイヤはしごが揺れている。

「あ、坂下さん」

保が言った。昨日からのの子の名を呼ぶ時だけ、保の声にはおびえが走る。

「あ、保っちゃん」

大きな体を小さくして、顔を上げるのの子。そのあと、琴葉に視線を移し、

「あ、琴葉ママの娘」

ややこしい言い方をした。瞳に、敵意のようなものが感じられるのは気のせいか。

「あんた、こんな所で保っちゃんと何してるの？」

訊いてくる。

「ちょっと実験に協力してもらっていたんだ」

答えたのは保だ。

「なんだ、そうなの。言ってくれれば、あたしが協力したのに」

のの子は相好を崩す。わかりやすい性格だ。

そこへ、上方から声がかかった。

「坂下さん、はしごを降りるのに随分と時間をかけるのね」

見上げると、小さな窓から羽月倫子警視が顔を出していた。

どうやら、坂下のの子は《昨日の再現》を命じられていたようだ。

「それだけゆっくりと降りれば、確かに噴水の所まで二十分はかかったかもしれないわね」

警視の声は露骨にのの子を疑っていた。

「坂下さん、警察に隠し事をするとあとで面倒だよ」

保が忠告する。

「うん」

急に元気がなくなるのの子。

「あの、坂下さん。あたしなら、わかってますよ。……それに、たぶん、みんなも」

琴葉は先輩に言った。頭木保のことが好きなんでしょ、と目で語ってから、

「坂下さんは、本当は九時までに噴水のところへ行こうとしていたんですよね？」

「……娘」

のの子は琴葉をにらんだ。保の前で余計なことは言うな、という顔だ。

「へえ、坂下さん、そうだったの？」

保が声を上げた。

「ということは、誰か好きな人でもいるんだね」

名探偵というのは、自分のことには鈍感だと相場が決まっているが……。

「あ、そうか、二年の小日向くんだね。彼は遅刻の常習者らしいから、昨日も外で待っていれば会えると思って……それで体育館を抜け出したんだね」

ここまでとんちんかんなことを言われると、かえって気持ちがいい。

「そうそう、あの子のことが好きなの、あたし。誰にも言わないでね、保っちゃん」

のの子は話を合わせた。ちょっと悲しい……。

保は応援するよ、などと、止めを刺すような台詞を笑顔で吐いてから、

「で、本当は何をしていたんだい？　二十分間も」

肝心な点を質《ただ》した。

「それがさあ……ちょっと時計塔へ」

のの子は腹をくくったのか、素直に口をひらいた。

「あたしがはしごを降りた時はもう八時五十八分だったんだよ。それで、九時には間に合わないと思ったから、鐘が鳴るのを遅らせようとしたんだ……」

「あの五分遅れの鐘って、坂下さんの仕業だったんですか？」

琴葉は思わず声を上げてしまった。

「なによ、いけなかった？」

「いえ、いいんですけど……」

口ごもる。まさか、先輩が余計なことをしなかったら、小日向棚彦と『鐘の音と共に』キスをすることもなかったのに——などとは、言えるはずもなかった。

「琴葉ちゃーん。やっぱり運命だったのよ」

上から母親の声がした。

「なに言ってるの、あんたのママ」

のの子が訊いてくるが、

「何でもありません。それより坂下さん、せっかく時計塔の針を遅らせたのに、その《遅らせた時刻》よりも、さらに十分も遅れて噴水の前に現れたのはどうしてなんです？」

これでは九時十五分に現場に駆けつけた理由の説明にはならない。

「閉じ込められちゃったんだよ」

のの子は言う。

「時計塔にはいつも鍵なんかかかってないから……それで、あたしも入り込めたんだけど……それなのに出ようとしたら、ドアが開かなくなっちゃってたんだ。いま思えば建てつけが悪いだけだったんだろうけど、ほら、あそこ、《呪いの郵便受け》が隠されてるとかって言われてるでしょ？　それで怖くなってさ……」

言われてるでしょ、と言われても、転校してきたばかりの琴葉にはわからない。伝説の次は怪談か、と閉口するだけだった。

「結局、ドアをドンドン蹴ってたら、そのうちひらいてさ。あれ、きっと霊現象だよ」

話がずれた。

「要するにパニック状態に陥って、ドアが開いたとたんに外へ飛び出したんだね。閉じ込められていた分、さらに時計の針を遅らせて、伝説を成就させようなんていう発想は浮かばなかった、と」

冷静に分析したのは保だ。

「ていうか、鐘が鳴ったの気づかなかったんだ、あたし。それで、まだ時間があると思って……」

怖がりなのか、うっかり者なのかわからない。とにかく、のの子の嫌疑はこれで一応は晴れたと言っていいのかもしれない。

「時計塔の中の指紋は警察に調べてもらうけど、いいね？」

最後に保が確認した。これでも彼なりにのの子のことを気づかっているようだ。

5

琴葉たち三人は外階段を伝って体育館に向かった。

入口を塞いでいる引き戸は鉄製だが、上方に滑車がついている吊り下げドアだから、開閉は楽で音もほとんどしない。

保は躊躇することなくその扉に手をかけ、中に入った。扉の奥にはもう一枚木製の引き戸があり、丸い窓の向こうに男性の後頭部が見えている。体育館への出入りを見張っている教師の後ろ姿だ。

保はそれ以上、先には進まず、

「昨日、長尾先生はどんな履物を履いていていたか覚えてるかい?」

と、二人の女生徒に訊いた。

「えーと」

琴葉は答えられない。そんなもの、注意して見ていなかった。

「外で殺されていたんだから、靴だったんじゃないの?」

の の子が答えた。

「正解。茶の革靴だった」

「やっぱりね。そんなの、見なくてもわかるよ」

「そうかな。これってものすごく不自然なことじゃないかな」

保は意味ありげに言った。

「だって、昨日、長尾先生の下駄箱を調べたらきちんと体育館用のシューズと、校舎内で履くサンダルが入っていたんだよ。どっちも踵《かかと》に名前が入っていたから間違いない」

「………」

「長尾先生は自分の意志か、犯人に呼び出されたかは知らないけど、紅白幕のトンネルを抜け、体育教官室を通過して外へ出たんだよね。そうすると、この時はまだ体育館シューズを履いていたことになう。で、次に先生は体育館のドア——今ぼくたちが開けた鉄製のドアを外から開けて、ここに脱いであった自分のサンダルに履き替えた。見張りの先生はもう一枚の戸の向こうで背を向けているから、よほど大きな音を立てない限り見つかることはない」

現に、今ぼくたちが見つかっていないようにね、と保は丸窓越しに見える教師の後頭部を指さして言った。

「サンダルに履き替えた長尾先生は、自分の体育館シューズを抱えて南校舎の一階にある職員用の下駄箱まで行く。途中の体育館と中央校舎を結ぶ連絡通路のドアに鍵がかかっていたという事実には、今は目をつぶるとして……下駄箱までたどり着いた先生は、そこで今度は革靴に履き替え、最後に噴水の所まで歩いて行った」

「それでいいんじゃないの。っていうか、それしか考えられないじゃん」

のの子が言う。

「でもさ、坂下さん。長尾先生は始業式で《着任の挨拶》をすることが決まっていたんだよ。確実に自分の出番があることを知っていて、こんな時間のかかる方法で体育館を抜け出すかなあ？」

「革靴は最初からこっちへ持ってきてあったんじゃないの。それなら、ここで履き替えるだけで済むし……」

「それじゃあ、先生の体育館シューズを下駄箱に戻したのは誰だい？」

「……犯人？」

「しかいないよね」

「うん」

「でも、何故？」

「それは……」

「ね、わからないでしょ。わからないということは、どこかで考え方が間違っているんだよ」

保はそう言うと、体育館を出た。

「長尾先生はどうやってここから地上へ降りたと思

う？」

続けて質問してくるが、のの子にも琴葉にもそれは答えられなかった。

正面には中央校舎とつながっている連絡通路が伸びているが、その先にある扉には鍵がかかっていたというし、左手は外階段へと通じているものの、こちらには警備員が陣取っていた。右手は行き止まりで何もない。

「飛び降りたら、怪我しますよね」

琴葉が言った。それぞれの通路は高さが一メートルほどの転落防止用のコンクリート壁で囲われている。それを乗り越えることは可能だが、乗り越えれば壁の高さ分だけ、さらに地上までの距離が長くなる。およそ四メートルだろうか。

「そうだね。あそこに一部コンクリートの欠けた場所があるけれど、それでも四十センチぐらいしか低くならないよね」

保が指さしたのは北東の角だった。外階段へ通じている通路と、中央校舎から伸びてくる連絡通路がちょうど交わる地点だ。ピッケルか何かで削り取ったような、U字形の欠損が出来ていた。（四七頁参照）

「去年の終業式にはこんな跡はなかったから、春休み中に出来たんだろうね。そういった意味じゃ、怪しいんだけど」

「長尾先生が脱出用に壊したっていうことですか？」

琴葉が訊くと、

「いや、その可能性は低いと思うよ。事前にそんなことをするくらいなら、連絡通路の合鍵を作るほうがよっぽど理にかなってる。あそこの鍵は、普段は職員室のボードにぶら下がってるからね」

「じゃあ、たまたま欠けて低くなっていた壁を利用したっていうことですか？」

「可能性としてはそちらのほうが高いけど、それもどうだろうね？　たかだか四十センチ低くなったぐらいでは、状況は何も変わらないよ」

のの子がポンと手をたたいた。

「あ、マットは？」

「あたしが用意した走り高跳び用のマットをあの下に移動しておいて、そこへ飛び降りたっていうのはどう、保っちゃん？」

「うーん」

「きっと、そうだよ。あたしより先に降りて、元の場所に戻しておけばわからないじゃん」

「それが……わかっちゃうんだ」

保はすまなそうに首を振った。

「あのマットは普通、一人じゃ運べないよね。重いし、大きいし……」

「あたしは運べたよ」

のの子が不思議そうな顔で言う。

「うん、坂下さんは特別だから……。でも、普通は四人で運ぶんだ。四つの端をそれぞれ持って」

「そんなに重いかな？」

「重さ以上に、大きさだよ。二人がかりでも運べないことはないけど、その時は地面に擦っちゃうことがある。そうすると底のほうから傷みだすんだ」

「なるほどね。保っちゃんは何でもよく知ってるね」

のの子が持ち上げるが、

「これって、体育の時間に先生に注意されてるはずだよ」

「そう？　あたしが休んだ日に言ったのかな」

のの子は動じない。保は苦笑して、

「昨日、坂下さんが一人で体育倉庫から出した時も、引きずって換気窓の下まで移動したんじゃないのかな？」

「うん、ずりずり引っ張ったよ」

「でしょう？　坂下さんでもそうなんだから、ぼくと同じぐらいの体つきの長尾先生があのマットを引きずらないで移動させることなんて不可能だよね」

「そりゃそうだ」

「で、引きずれば、床に跡が残るよね。換気窓の下から、あの壁の下まで移動させるにはピロティを斜めに突っ切ることになる」

体育館の一階部分、柱だけが立っている構造のピロティの床はコンクリート敷きだ。

「普段から野ざらしの場所だから、小石や土埃が溜まっている。その上を、あんな大きなマットを引きずり回せば、嫌でも移動した跡が床に残ると思うんだ」

「じゃあ、確かめに行こうよ」

のの子が歩きだそうとすると、

「もう、昨日のうちに見たよ。そんな跡はなかった。坂下さんが体育倉庫から引っ張ってきた跡は残ってたけど」

「さっすが、保っちゃん」

拍手をするのの子。

その光景を見ながら、琴葉は別のことを思っていた。

——あいつ。

小日向棚彦の顔がちらついた。

——まさかね。

否定するが、否定しきれなかった。

昨日、一緒に帰ってやるよと言って、ピロティから正門まで案内してくれた棚彦——。彼はその途中で何ヵ所か寄り道をしていた。

最初はピロティに置かれたままの、いま話題になった、走り高跳び用のマットに何度もダイビングをして、次には職員用の下駄箱を開けて回った。

もし、あれがただのいたずらではなく、本当はマットの周囲に不審な移動の跡が残っていないかどうかを確かめるためで、下駄箱を開けたのは長尾先生の履物がそこに戻されているかどうかを確認するためだったとしたら……。

棚彦は本当に頭木保以上の《探偵》なのだろうか——。本人は自覚していなくても、探偵の素質を充分に持った、彼こそが《真の求道者》になるべき男なのだろうか——。

琴葉は鳥肌が立った。

昨日のことをさらに思い返す。棚彦はマットにダイビングし、下駄箱を開け、そして最後に……。

「あの、頭木先輩」

疑問点は《探偵》に問いただすことにした。

「保健室の先生はこの事件とは関係ないんですか？」

そう、棚彦は昨日、最後に東校舎の一階にある保健室に立ち寄り、窓の外から室内の日辻先生に声をかけていた。

「へえ、するどいね、羽月さん」

保は言った。

「もしかしたら日辻先生こそが、この事件の主人公だったかもしれない——ぼくもそう思っていたんだ」

6

「つまり、羽月さんはこう言いたいんでしょ？　長尾先生が殺されたのは人違いで、犯人が本当に殺したかったのは日辻先生だった——って」

保は喜々としてしゃべっているが、琴葉はその半分も聞いていなかった。

——こんなことってあるの？

と、思う。

——昨日の棚彦の行動には全て意味があったっていうの？

気を抜くと、今にも足から崩れ落ちそうだった。

伝説、運命、口づけ、幸せ、パパとママ……。いくつかの言葉が切れ切れに頭の中を駆け巡って、消えていった。

「ねえ、それってどういうこと、保っちゃん？」

全く事情のわからないのの子が声を上げた。

「簡単なことだよ、坂下さん。日辻先生はいつも白衣を着てるじゃないか」

「そんなの保健の先生だもん、普通だよ。美加《みか》ちゃんにしたら、制服みたいなもんでしょ」

　美加ちゃんとは、日辻先生のことだ。大学を出たばかりの日辻美加先生は、女生徒たちから親しみを込めて《美加ちゃん》と呼ばれている。

「そう、普通の格好なんだけど……問題は殺された長尾先生も白衣姿だったっていうことなんだよ」

　保は言った。

「そして、長尾先生はぼくみたいに背が低くて、小柄だったよね。髭は生やしていたけど、後ろからではわからない。犯人が、髪の短い日辻先生と見間違えた可能性はある」

「そうかなあ、いくら後ろ姿でも男は男だよ」

　のの子は首をひねるが、言っている彼女自身が男のような体つきで、言われている頭木保のほうは女性的な線の細さを兼ね備えている。二人が白衣を羽織って後ろを向けば、十人が十人、のの子が男で保が女と見誤るだろう。

「でもさ、坂下さん。もし犯人が《霧》の中に立っている長尾先生に後ろから近づき、正面に回り込むことなく、腕を回して腹部に刃物を突き刺したのなら……長尾先生は転任初日で、学園のほとんどの人間はその存在を知らなかったんだから……あの人を日辻先生と勘違いした可能性は高いと思うよ」

「確かに、授業中に白衣を着ている先生は何人かいるけど、昨日は始業式だもんね。さすがにどの先生もみんな普通の服だった」

　のの子がうなずく。

「だよね。それに対して日辻先生は、ああいう集会の場こそ、保健の先生の出番が回ってくることが多いから、常に白衣姿《ユニフォーム》で控えていた」

「保っちゃんみたいに集会の度に倒れる生徒がいるから、美加ちゃんも臨戦態勢を整えておかなくちゃならないってわけだ」

　のの子が笑う。

「もっとも、先生もぼくが仮病をつかってることはわかってたみたいだけどね。逆に、仮病をつかってまで全校集会に出たくない理由があるんじゃないかって……精神的な問題じゃないかって、そっちのほうを心配してくれてたみたいだけど」

保も微笑んだ。

独り笑えないのは琴葉である。

「あの……」

話がそれそうなので、気になっていたことを訊くことにした。

「日辻先生は昨日、スカートを穿いていたんじゃありませんか？ それなら後ろ姿でも、ズボンを穿いていた長尾先生と見間違えるはずはないんじゃ……」

琴葉は、昨日、棚彦と保健室の窓から見た日辻先生のいで立ちを思い出していた。膝丈ほどの白衣の裾の下からは、はっきりと黒地のスカートが見えていた。棚彦がそれを調べるために保健室へ寄り道したのかは知らないが、琴葉は確かに記憶している。

「ああ、それはないよ」

しかし、あっさり保に首を振られた。

「だって、現場にはスモークが焚かれていたんだから」

「あ」

気がつく琴葉。《霧》は彼女の太もものあたりまで立ち込めていたではないか。当然、琴葉よりも長いスカートを穿いていた日辻先生なら……白衣の下の部分は靄《もや》に煙って見えなかった理屈になる。

「まあ、もっとも、長尾先生が刺された現場が噴水の前でなかったら、話は別だけどね」

軽く言って、保は歩き始めた。

「違う場所で殺されて、噴水の所まで運ばれてきたってことですか？」

後ろ姿に琴葉が尋ねる。

「死体が倒れていた場所に血痕が一滴も落ちていなかったからね」

保は振り返らずに答える。

「白衣に染み出た血の広がり方からして、傷口から大量に血液が吹き出したとは思えないけど、全く滴り落ちなかったとも考えにくい。まあ、下が砂利だったから、血が垂れた石だけを犯人がポケットに忍ばせて立ち去った可能性はあるけどね」

「《霧》で下は見えなかったんじゃないの？」

ののの子が指摘する。

「そうだね」

保はあっさり認めた。どこまで真剣に検討しているのかわからない。

「それよりさ、二人ともちょっと待っててよ。ぼく、もう我慢できないんだ」

そう言うと、彼は体育教官室の隣にある、少し奥まった空間に飛び込んでしまった。

「なんだ、おしっこか」

子供を見る母親のような顔をして、ののの子が微笑んだ。保の駆け込んだ場所は体育館に隣接して設けられた屋外トイレだった。しかし、

「わあ」

そのトイレから、入ったばかりの保が転がり出てきた。

まさか第二の死体が——。

二人の女子高生が駆け寄ると、

「あ、別に驚かせるつもりじゃなかったんだけど……」

頭をかきながら小日向棚彦が姿を現した。

「あんた、こんな所で何してんのよ」

いきなり攻撃的な言葉を投げつけたのは琴葉だ。

「何って、トイレですることなんか一つしかないだろ」

棚彦も言い返す。なぜか二人とも最初から喧嘩腰だ。

「うそつきなさいよ。あたしたち、ここでもう十分以上も話してたんだからね。男子のトイレがそんなに長いわけないでしょ。のぞきでもしてたんじゃないの」

琴葉は決めつける。

「下痢なんだよ、昨夜から」

棚彦は怒る。

「汚いこと言わないでよ。お腹こわしてるんなら、休みの日にわざわざ学校なんか来なきゃいいでしょ」

「うるさい。気になることがあったんだ」

「気になる……？」

その一言で琴葉は静かになった。

「まさか、昨日の事件のこと？」

と、訊く。

こいつは本当に《探偵》なのか——と、再び思う。

「あ、わかった」

声を上げたのは、のの子だった。

「きみ、弓絵《ゆみえ》のファンなんでしょ？」

「はあ？」

「弓絵だよ、苗字なしの弓絵……グラビア・アイドルの。今年、うちの《スポ芸》クラスに入学したらしいよ」

「それは知ってるけど、それとおれがトイレにこもることと、どう関係が……」

「だから、のぞこうとしたんでしょ？　入学式が終わったら、彼女がトイレに入るかもしれないと思って」

結局、のの子も棚彦を変質者扱いだ。

「そういえば、小日向くん。きみ、女子トイレのほうから出てこなかったかい？」

保までがそんなことを言い出した。

屋外トイレには入口が一つしかない。中に入って、鉤形に奥まっている右手が女子、左手が男子のトイレだ。棚彦がそのどちらから姿を現したかは、実際に鉢合わせした保しか知らない。

「警察に突き出してもいいんだけど……今回は坂下さんに免じて、見逃してあげるよ」

意味ありげな笑顔を見せて言ったあと、保は本来の目的であるトイレへ駆け込んだ。

「いま『坂下さんに免じて』って言ったよな？　どういうことだ……？」

首をひねる棚彦。

「気にしないでいいよ。保っちゃんはね、あたしがきみのことを好きだと勘違いしてるんだ」

自分が勘違いさせたくせに、のの子はしれっとした顔で手を振った。

7

「あら、みんなおそろい？」

体育教官室のドアがひらくと、中から羽月警視が顔を出した。

保がトイレに行ったばかりで、三人しかいないのに『みんなおそろい』と言う。要するに、警視にとって『みんな』とは琴葉と棚彦、二人だけのことなのだ。だから、

「ほら、坂下さん。早くステージ裏に戻らないと、放送部のお友達がてんてこ舞いしてるわよ」

と、明らかに、のの子をこの場から追い払った。

そうしておいて、娘には、

「ね、ママの言った通りでしょ」

と、得意げに視線を送った。

「約束、守ってよ、琴葉ちゃん」

「何の話だ？」

棚彦が訊く。

「いいの、あんたは黙ってて」

「よくないわよ。琴葉ちゃんからきちんと棚彦くんに昨夜のこと、教えてあげなくちゃ。ママの車、使っていいから、あの中でお話ししてきなさい」

「ママの車って……あれ、警察の持ち物でしょ。一般人が勝手に使ったら問題だよ」

「事件解決に使うんだから、いいの。琴葉ちゃんはごちゃごちゃ言わない」

「事件解決？」

さっぱり事情のわからない棚彦。

「おれ、何されるんだ？」

「キスされちゃうかもね」

母親は楽しそうに囃《はや》し立てる。

「もう、うるさい。行くよ、棚彦」

琴葉はぴしゃりと言って、歩き始めた。

「おい、待てよ」

追いかける棚彦。

二人の後ろ姿を警視がにっこり笑って見送った。

「ね、結局、なるようにしかならないんだから」

つぶやいて、体育教官室のドアを閉める。

その後、トイレから戻った頭木保がひとりぼっちでどうしたかは誰も知らない。

第五章　移動した凶器

1

母親の運転する車で自宅に着くと、電話のベルが外まで聞こえていた。

一旦、警察署に戻ると言う母親と玄関で別れて、琴葉はリビングの電話機に駆け寄った。

ディスプレイにまたも《ランドウヒロミ》と表示されているのを見て、一瞬、受話器を取るのを躊躇する。しかし、出ないわけにはいかない。

「なに、やってんのよ」

案の定、ひろみはがなり立てた。

「あんた昨日、『今日は入学式で休みだ』って言ってたじゃない。だから、電話したのに、なんで出ないのよ」

ひろみの自分勝手な言い分はいつものことだ。

「出かけてたんだよ」

琴葉は答える。

「どこへ？」

「学校」

「休みだったんでしょ」

「それが、いろいろあってね」

「なるほど、犯人は現場に戻る、か」

「そうそう、現場に落とした凶器を探しにね」

適当に調子を合わせる。

「あんた、そんなこと言ってたら本当に逮捕されちゃうよ」

ひろみの声が急に真剣味を帯びた。

「なんのこと？」

訊く琴葉。

「その凶器がね、見つかったんだよ。うちの学校で」

「え」

「え、じゃないよ。もっと驚けよ。あんたの学校で長尾先生を刺した凶器のハサミが、うちの学校の体育館で見つかったんだから」

「うそ」

「ほんとだって」

「へえ……」

「なんだ、リアクション薄いな」

「そういうわけじゃないんだけど……。あたし、今日、学校でもっと濃い話、いっぱい聞かされちゃったからさ。なんか、へえ、そうなの、って感じしかしなくて」

「それでも驚くのが友達だろ」

「そっか。でも、確かに、凶器がハサミだっていうのは意外だったよ。あたし、ナイフかなんかだと思ってたもん。わあ、びっくりした」

「しらじらしいよ」

「だけど、どうしてそのハサミが長尾先生を刺した凶器だってわかったの?」

「そんなのわかるよ。持つところに霧舎学園って書かれた名札がついてたもん」

「それだけで?」

「それだけで充分でしょ。血もついてたし」

「その血液型は長尾先生のと一致したの?」

「知らないよ。あたし、警察じゃないんだから」

威張って言われても困るが、確かにその通りだ。

警察の情報をすぐに得られる琴葉の立場のほうが普通ではないのだから、そんな質問をひろみにしても始まらない。ちなみに琴葉は、前の学校では母親の職業を誰にも教えていなかった。

「こっちはもう大変だよ。始業式なんか中止になっちゃって……いい年して、みんなで集団下校だもん。で、家に帰って、あんたんちに電話したら、留守じゃない」

ひろみの愚痴は、いつも最後は琴葉に行き着く。

「すぐに帰されたのに、どうしてハサミに血がついてたとか、名札に霧舎学園って書かれてたとか、ひろみが知ってるの?」

「そんなの蘭堂ひろみ様の情報網をもってすれば簡単さ」

確かに、ひろみほど校内の噂に詳しい生徒はいなかった、と琴葉は思い出す。

「もう、松田《まつだ》先生なんか、大騒ぎして……犯人はうちの高校の生徒だ、なんて平気で言い出すしさ」

松田先生とは、琴葉も所属していた清白高校のテニス部の顧問だ。教科は生物を担当していて、化学の長尾先生とは仲がよかった。

「あの二人、陰で何か悪いことでもしてたんじゃないの？　それで、今度は自分が殺される番だ、とか思っちゃってさ」

ひろみが言う。

「二時間ドラマの見すぎだよ。それよりさ、うちの学園の名札がついたハサミが……血のついたハサミが、そっちで見つかったっていう情報はこっちの警察には伝わってるのかな？　あたし、さっきまで警察の人と一緒にいたけど、そんな話、聞かされなかったよ」

「そりゃあ、一般人には教えないんじゃないの」

そうだね、と答えながら、琴葉は一般人に捜査状況を教えまくっている自分の母親のことを思い出して、ため息をついた。

「そんなことよりさ、琴葉。あんた、明日、学校へ行ったら、ちゃんとエミューのサインもらってきてよ」

いきなり話題が変わった。というより、ひろみが電話をかけてきた本当の目的はこれだったのか、と琴葉は遅まきながら気がついた。結局、殺人事件も、凶器発見も、蘭堂ひろみにとっては、催促の電話をかける口実の一つにしかならないのだ。

2

母親が帰ってきたのは遅かった。

琴葉は一人で夕食を済ませ、風呂にも入って、あとは寝るだけという状態で帰りを待っていた。食事は軽く取ったという電話があったから、テーブルの上には焼きおにぎりとたくあんしか載っていない。

おにぎりは細長い棒状で、何度も醤油《しょうゆ》を塗って焼き上げているから、一見するとフランクフルト・ソーセージのようである。こうすると、三角のものよりカリカリの部分が多くなり、おいしさが増すと母親には好評だ。

それはともかく、午前零時に帰宅した母親はその焼きおにぎりを一本くわえながら――羽月家では、当然、焼きおにぎりは一本、二本と数える――娘に言った。

「びっくりしちゃだめよ、琴葉ちゃん。長尾先生を殺した凶器がね、あなたの前の学校から見つかったのよ」

「知ってるよ、それなら。ひろみから聞いたもん」

娘はそっけなかった。

「なんだ、がっかり」

「あたしのほうこそ、ママが知らなかったら教えてあげようと思って、こんな時間まで起きてたのに……」

琴葉も口をとがらせた。

「これで明日も遅刻したら、ママのせいだからね」

と、立ち上がる。

「もう寝るよ。食べ終わったら、お皿ぐらい洗っておいてよね」

「はいはい、琴葉ちゃんはつれないのね。せっかくとびっきりの情報を持ってきたと思ったのに、知ってるよ、だなんて……。どうせ、長尾先生の携帯電話が誰かに持ち去られていたっていう話も聞いてるんでしょ」

「え」

振り返る琴葉。

「なにそれ？　携帯のことは知らないよ、あたし」

「聞きたい？」

母親はにかっと笑った。

「教えてあげてもいいんだけど、その前に琴葉ちゃんのことを知りたいな、ママ。昼間、棚彦くんと車の中で話をして、そのあとどうなったのか……」

「どうもならないよ。昨夜ママが言ってたことを伝えただけ。あとは今日、頭木先輩がやった実験の結果とか、それについて《探偵くん》がどんな推理を展開したとか……」

「へえ、ママが頼まなかったことまで……今日の探偵くんの行動まで教えてあげたんだ。琴葉ちゃん、もう立派なパートナーね」

「そんなんじゃないよ。ただちょっと、あたしもあいつは探偵の素質があるのかなって思ったことがあって……それなら、ママの言うようにあいつを《探偵くん》と同じ条件で競わせるのも面白いかなって思っただけ」

「ただの遊び?」

「まあ、そうだね」

「へえ」


母親は何か言いたげな顔をしたまま、二本目の焼きおにぎりを頬張った。

「さあ、今度はママの番だよ。長尾先生の携帯電話が盗まれたってどういうこと?」

琴葉は余計な詮索をされないうちに話題を変えた。

「仕方ないわね、聞きたいことはまだあるんだけど」

そう言って、母親は居住まいを正した。

「いい、琴葉ちゃん。長尾先生はね、昨日、学校から誰かに携帯で連絡を取っているのよ。それなのに、先生の遺体からはその携帯電話が見つかっていないの。職員室やロッカーも見たけど、どこにもない……。ミステリーでしょう?」

「昨日、電話をかけていたっていうのは確かなの?」

「もちろんよ。殺人事件があったら警察は被害者の携帯電話をチェックするって、琴葉ちゃんも知ってるでしょ」

本当は知っていてはいけないのかもしれないが、琴葉は知っていた。母親が勝手に教えてくれるのだから仕方がない。

「長尾先生の携帯番号は前の学校の同僚の先生に訊いてすぐにわかったから、警察は昨日から携帯電話の会社に使用状況を問い合わせていたの。そうしたら、事件の日の朝、八時二十分に長尾先生が誰かと通話していたことがわかったわけ。発信地点は霧舎学園がある一帯――」

「そこまでわかってるんなら、当然、電話の相手もわかってるんでしょ。通話記録には発信先の電話番号も残されるんだから」

「もちろん、わかってるわよ。でもね、その相手先の電話の持ち主も長尾先生だったの」

「え？」

「長尾先生は携帯電話を二台持っていて、いつも使っている自分の携帯から、もう一台別の自分の携帯に電話をかけていたわけ」

「なんでそんなことを？」

「たぶん、その一台は長尾先生が契約して買ったけど、使っていたのは別の人だったんでしょうね」

「誰かにあげたってこと？」

「その可能性が高いわね。盗まれたり、落としたものを拾われたりしたのなら、その携帯の料金まで長尾先生が払い続ける必要はないもんね」

「払ってたんだ」

「今月でちょうど一年」

「知らずに払い続ける期間じゃないね」

「でしょう。で、そのもう一台の携帯電話からも、昨日の朝、長尾先生の携帯に電話が入っているの。時刻は八時三十三分。発信地点は同じく、霧舎学園の周辺。使われた中継アンテナは同じものだったわ」

「相手も学園内にいたっていうこと？」

「外にいたとしても、だいぶ近くまで来ていたことそれで帰宅がこんなに遅かったのか、と琴葉は納得した。

「犯人に呼び出されて、身の危険を感じていた長尾先生は、きっと通り抜けに使った体育教官室でハサミを見つけて、護身用にそれを隠し持ったのよ。ハサミから先生の指紋が検出されたから間違いないわ」

「犯人の指紋は？」

琴葉は訊く。母親の言う通りならば、犯人は長尾先生からハサミを奪って、犯行に及んだことになる。当然、犯人の指紋も残っていなければおかしい。

「それはなかったわ。犯行後にふき取ったみたい……」

「ふき取ったら、長尾先生の指紋も一緒に消えちゃうでしょ」

「長尾先生の指紋はハサミについていた名札に残っていたの。名札は紙製だから、血のついた指紋はふ

になるわね」

「長尾先生はその人に呼び出されて、体育館を抜け出したのかな」

「たぶんね。どうやって地上に降りたかはわからないけど、体育館をこっそり抜け出したってことは、長尾先生にも後ろ暗いところがあったんでしょうね」

「脅迫されてたとか？」

「可能性がないとは言えないわね。少なくとも、長尾先生は身の危険を感じていたはずよ」

「どうしてそこまでわかるの？」

「だって、凶器のハサミは体育教官室の備品だったんだもん。ラインテープを切るのに使う、大っきな裁ちバサミみたいなやつ。机の上に筆立てがあって、その中に定規とかサインペンとかと一緒に突っ込まれていたんだって。千葉県警から実物を送ってもらって、さっき体育の先生たちに確認してもらったから間違いないわ」

いても消せないわ」

「あ、そういうこと……」

「刃の部分の血は、指紋と一緒に拭い去られていたわよ。もっとも、それぐらいじゃ、指紋は消せても、血痕はルミノール反応でわかっちゃうけどね」

「それ、当然、長尾先生の血だったんだよね？」

「血液型は一致したわよ。もっと詳しい分析は明日以降ね」

「そっか。でも、これであたしたちの容疑は晴れたってことだよね。昨日、あたしたちは昼過ぎまで学園に残されていて、今日は朝から登校してたんだから……千葉県の清白高校まで凶器を捨てにいくことなんか出来ないもん。向こうじゃ、始業式が中止になったっていうんだから、ハサミが見つかったのは朝のうちでしょ」

「八時前だって。始業式の準備に先生たちが何人か体育館に入った時……最初はただの落とし物かと思われていたらしいんだけど……たまたま昨日、警察から長尾先生の携帯番号を訊かれていた先生が、名札の霧舎学園という校名に気づいて、これは凶器じゃないかって騒ぎ出したそうよ」

「ほら、それじゃあ、やっぱりあたしたちには無理だよ。八時半の段階で、みんなこっちの学校にいたんだもん」

「あら、でも千葉から横浜まで電車で二時間ぐらいでしょ。往復で四時間なら、始発でこっちを発てば何とか間に合うんじゃない？　あるいは、昨夜のうちに運び込んでいたとか」

「それも無理だよ。清高は体育館の中にも更衣室があるから……昔、痴漢《ちかん》が忍び込んだことがあって、戸締まりは厳重なの。夜とか、朝早くに行っても、部外者は誰も入れないもん」

「中に入れなくても、外からハサミを投げ込むだけなら、ほんの少しの隙間が空いていれば可能よ。探偵くんなら、また、密室だ、って騒ぎだしそうだけど」

密室から密室へ移動した被害者を刺し殺した凶器は、さらに数十キロ離れた別の密室から発見された――。

「それよりさ、ママ。さっき、八時三十三分に長尾先生は犯人からの電話を受けたって言ったよね。その時間って、長尾先生は始業式の段取りを脇野先生から聞かされていた頃じゃないの？」

「鋭いわね、琴葉ちゃん。その通りよ」

　母親は拍手をする真似をした。

「脇野先生に聞いたら、確かに打ち合わせの最中に長尾先生に電話がかかってきたんですって。一応、マナーモードらしかったんだけど、生徒の手前もあるから、構内では電源を切っておくように注意したって言ってたわ」

「注意したことまで警察に話すのって、あの先生らしいね」

「でもね、その一言多い性格が、今回は吉と出ちゃったんだな。あの先生ね、長尾先生が携帯電話を取り出した時、横目でディスプレイをのぞいちゃったんだって」

「わあ、悪趣味。生徒の手紙を取り上げて読むタイプだね」

「だけど、そのおかげで、発信者の名前を見たっていうのよ」

「名前が表示されたってことは、電話帳《メモリ》に登録してあった相手なんだ」

「そう」

「で、なんて名前」

「めー」

「え？」

「だから、めー」

「めー、って何よ？」

「知らないわよ。平仮名で『めー』って表示されてたって言うんだから」

「めー、ね」

「そう。めー、よ」

その夜、めーめー鳴き叫ぶひつじの夢にうなされながら、琴葉が眠りについたのは午前三時のことだった。

3

「もう、ママが最後にあんな話、聞かせるから、寝坊しちゃったじゃない」

翌朝、琴葉は泣きたくなるのを堪えて、石畳の坂道を駆け抜けた。

当然、遅刻である。

「二戦二敗、遅刻率十割とは大したもんだな。小日向の上を行っている」

教室に入るや、担任の脇野に嫌みを言われた。

転校生というだけでも目立つのに、一人だけ違う制服を着ているというだけでも目立つのに、みんなの前でそんなことを言われたら……もし、それが原因でいじめに遭ったら、あんたを呪ってやるからね、と心の中で思いつつ、顔では笑顔を保って、琴葉は席についた。

朝のホームルームはとっくに始まっていた。

ふと見ると、黒板に琴葉の名前が書かれている。隣には棚彦のフルネーム。

「じゃあ、クラス委員はこの二人でいいな」

脇野の声が教室内に響いた。

「ちょっと、なんですか、それ？」

立ち上がる琴葉。よりによって、何故あいつと二人でクラス委員にならなきゃならない？ 一瞬、母親の策略がここまで浸透しているのかと疑った。

「おまえが遅刻してくるからだよ」

二列向こうの席で、憮然《ぶぜん》とした顔の小日向棚彦が言っている。そこへ、再び脇野の声。

「遅刻の常習者には、行動に責任を持たせるためにクラス委員をやってもらう」

有無を言わせぬ口調だった。早い話が、なり手のないクラスの代表に、懲戒《ちょうかい》の意味も込めて二人を指名したというわけだ。級友たちも自分が推薦されるのは避けたいものだから、誰も反対しない。

「こんなの罰ゲームだよ」

琴葉は口をとがらせた。こうなったら、意地でも明日から一番に登校して、二学期には絶対、委員を降りてやるんだ——そう心に誓った。

「じゃあ、小日向と羽月、二人で一年間クラス委員を頼んだぞ」

脇野の声がする。

「え」

霧舎学園では一学期と二学期で委員の改選がおこなわれないと琴葉が知ったのはこの時だった。

——最悪の出だしだ。

琴葉は机に肘《ひじ》をついて、手のひらで顎を支えながらホームルームの残りの時間を過ごした。

今日と明日は新入生のオリエンテーションがあるから、二年生は午前中授業だ。しかし、その間も琴葉の気分は晴れなかった。

——なんだか、十七年間の不幸がこの三日間に一気に押し寄せてきたみたい。

本気でそんなことを思う。

唯一の救いは、休み時間の度に、隣のクラスから八重ちゃんが遊びにきてくれたことだ。

八重ちゃんは去年同じクラスだった友達を積極的に琴葉に紹介してくれた。自らも転校してきた経験があるから、早い時期になるべく多くのクラスメイトと言葉を交わしておくことが大切だと、彼女は身をもって知っているようだった。

それに加えて、頭木保も足繁く琴葉のクラスに通ってきた。目的はもちろん彼女を通じて警察の捜査状況を知るためなのだが、保が来れば、あとを追って坂下のの子も現れる。のの子は何故か下級生の女子に人気があるから、これもまた琴葉の周りにクラスメイトを集めることとなった。

おかげで、琴葉は午前中だけでも、だいぶ教室の仲間と親しくなった。

「嫌な感じの先生でしょ、脇野って」

中には、琴葉がクラス委員にされたことに同情してくれる級友も現れた。去年、脇野のクラスで、同じような経験をした女の子だった。

「頭にきたらね、脇野啓二郎を『わきのけ　いじろう』って心の中でつぶやくと、すっとするよ」

わきの毛、いじろう——。

「ね、笑っちゃうでしょ。お兄さんが啓一郎《けいいちろう》で、弟の先生は啓二郎って名づけられたらしいんだけど、こともあろうに苗字が脇野だったなんてね」

「又野《またの》じゃなくて、よかったね」

琴葉も笑った。

「それに、先生の住んでる所、竹山《たけやま》団地っていうんだけど、それを逆さから読んでみてよ」

「えーと。ちんだ……」

途中で意味がわかって、琴葉は口をつぐんだ。

ちんだま、焼けた——。


ふと見ると、周りには男子も集まっていて、聞き耳を立てていた。

「あ、琴ちゃん、引っかからなかったね。あたしは去年、最後まで言って、みんなに笑われちゃったけど」

八重ちゃんが言った。


結局、休み時間は琴葉とクラスメイトの顔合わせの場となってしまったため、頭木保が捜査状況を聞くことが出来たのは放課後になってからだった。保は何故か棚彦にも同席するよう促し、三人で膝を突き合わせた。の子と八重ちゃんは、午後におこなわれる新入生のオリエンテーション——部活動の紹介と勧誘——に参加するため、席を同じくすることが出来なかった。

「なるほど、凶器が清白高校から発見されたということは、犯人もその高校の関係者である可能性が高くなるね」

琴葉から新事実を聞くと、保はまずそんな見解を口にした。

「きみはどう思う？」

と、棚彦に水を向ける。

「おれ？　おれは別にどうも思わないけど……。まあ、強いて言うなら、犯人はどうしてそんな目立つ場所にハサミを捨てたんだろうな、ってことぐらいかな」

棚彦は興味なさそうに答えた。

「だって、その高校は昨日が始業式だったんだろ？　犯人が高校の関係者なら、その日は朝から体育館が使われることは知っていたはずなのに、わざわざそんな場所に凶器を捨てたなんて……それじゃあ、まるでみんなに凶器を見つけて下さい、って言ってるようなもんだ」

「いいねえ」

棚彦の発言に、保は手を叩いた。

「それでこそ、ぼくのライバルだよ」

「ライバル？」

聞き返す棚彦。

「そう。きみもわかってるはずだよ。ぼくが羽月琴葉くんと出会ったことで《真の求道者》になれるのなら、自分にだってその資格はあるってことに……。きみもまた、ぼくたちと同じ五月九日生まれなんだろ？　昨日のきみの行動が気になって、学園のデータベースで調べたら同じ誕生日だということがわかったよ」

「悪いけど、おれは伝説とか、探偵とか、そんなことには興味ないですよ」

「興味はなくても、ぼくたちは……いや、きみたちは、出会ってしまった。きみはそれを偶然と言うかもしれないけれど、ぼくはそれを運命と呼ぶよ」

「はあ……」

棚彦はぽかんと口を開けて、先輩を見た。この人、何を言ってるんだ、という顔で。

「そういうことだから、小日向くん。きみに訊くよ。犯人はどうして凶器をわざと見つかる場所に放置したと思う？」

「さあ……」

棚彦はあっさりと首を振った。

「そうか、きみにはまだ無理かな。疑問点や不自然な点を指摘する能力には長けていても、そこから結論を導き出すための思考力や発想力にはまだ目覚めていないようだね。いいよ、じゃあ、この問題は宿題にしておこう」

保は勝手にそんなことを言って、次に『めー』の話を始めた。

「渾名《あだな》か符牒《ふちょう》か知らないけれど、『めー』はそれだけで特定の個人名を表していたことに間違いはないね。よく機械に弱い人が携帯に文字を打ち込む時に漢字変換の方法がわからなくて、ひらがなのまま登録してしまうことがあるけど、今回は名前に長音が入っているからそれはない。日本語に『めー』とルビを振る漢字はないからね」

「『めー』自体が、『めい』とか『めえ』の打ち間違えっていう可能性はないですか？」

琴葉が訊いた。

「それは間違えようがないよ。長音記号は普通、『0』か『♯』のキーに登録されてるけど、そんなのは知らなければ画面上に呼び出せない。『い』や『え』を表示させることのほうがずっと簡単だ」

「そっか。じゃあ、『めー』って呼ばれていた人を、長尾先生の知り合いの中から探せばいいんだ。これって、結構簡単なんじゃないですか？」

「単純だね」

鼻で笑ったのは棚彦だ。

「なによ。あんたが少しもやる気を見せないから、あたしが代わって話を進めてあげてるんじゃない」

「なんで、おれがやる気を見せないと、代わりにおまえが張り切るんだよ」

「それは……」

琴葉は口ごもった。

「……あんたがクラス委員だからよ。二年三組の代表として、頑張ってほしいから」

全く意味不明の理由をつけた。

「なんだかよくわかんないけど……とにかく、普段から『めー』って呼ばれてたわけがないだろ。長尾先生だけが、陰でそう呼んでいたんだよ。万が一、携帯を見られても、誰のことだかわからないように」

「どうして、そんなことが言えるのよ?」

「決まってるだろ。長尾先生は『めー』のために、自分で携帯電話を買って渡していたんだぞ。こんなの、どう考えたって二人の連絡用じゃないか」

「連絡用なら、なにも新しく買わなくても『めー』さんが持ってる携帯にかければいいじゃん」

琴葉が反論する。

「そうだよ。だから『めー』はそれまで携帯電話を持っていなかった人物ってことになる。そして、本当に必要なら自分で買えばいい。それなのに『めー』は先生に買ってもらった」

「何故だと思う?」

絶妙のタイミングで保が声をかけた。

「『めー』は個人では携帯電話を買えない年齢だったんだ。親の承諾書がないと、販売店で売ってもらえない年齢だった……」

棚彦が答える。

「……未成年」

琴葉がつぶやく。

「事件の舞台を考えると、『めー』はおそらく高校生だな」

「教師と生徒……?」

「その可能性が高いと、おれは思う」

「まさか、援助交際?」

「そういう関係なら、長尾先生にしかわからない名前で『めー』の携帯番号を登録していても不思議じゃない」

「その意見にはぼくも賛成だけど……」

保が二人の会話を制止した。

「簡単に決めつけるのは危険だよ。長尾先生と『めー』が男女の関係であるのなら、たとえ『めー』が成人女性であっても、男の人がプレゼントとして携帯電話を買ってあげることはあるんじゃないかな」

「あ、ひつじ」

唐突に琴葉が言った。今朝、見た夢が思い出された。

「ひつじは『めー』って鳴くよね」

三人の頭の中に日辻美加先生の姿が浮かんだ。

4

「日辻で『めー』か。子供だましのクイズみたいだけど、長尾先生にしてみれば、暗号のような難しい判じ物を作る必要なんてないんだから、案外、答えはそんな次元のものかもしれないね」

保はうなずいた。

「それに、事件当日、体育館と中央校舎をつなぐ連絡通路の鍵を持っていたのは、学年主任と日辻先生だけだったし……。もし、長尾先生を噴水の前に呼び出したのが日辻先生なら、鍵は事前に外されていたのかもしれない」

「でも、先輩が仮病をつかって倒れた時、日辻先生は保健室までつきそってくれたんでしょう？　その時、連絡通路の鍵はかかっていたんでしょう？」

琴葉が言う。

「いや、確かに白衣のポケットからキーを取り出して鍵穴に挿してはいたけど、その時、本当に解錠したかどうかは、当人しかわからない。最初から開いていたドアを、いま解錠したように演じただけなのかもしれない」

「そうだとしても、そのあと日辻先生は先輩に付き添って保健室にいたんだから、長尾先生を殺しに行くことなんか出来ないわ」

「ぼくはカーテンで仕切られたベッドに寝かされて

いた。そのぼくが先生に気づかれずに窓から抜け出すことが出来たように、日辻先生もまた、ぼくに悟られずに保健室のドアから廊下へ出て行くことは可能だったと思う。むしろ、ぼくは少しの間、ベッドに寝ていたが――いつ先生が容体を見にくるか知れなかったからね――それが日辻先生なら、カーテンで仕切ったあと、すぐに部屋をあとにすることが出来る」

「保健室から噴水までなら、外に出ずに、校舎内を走り抜けたほうが早い」

棚彦が言った。

「そうだね。窓から抜け出したぼくの場合は、左手に見える正門の警備員の存在を気にしながら、緑風《りよくふう》館《かん》を外から回り込んで中央校舎の昇降口を抜けなきゃならなかったけど、内部ルートなら東校舎から南校舎を通り、そのまま中央校舎へ出られる。移動時間はぼくの半分もかからない」

「でも、もし先輩が仮病をつかって倒れなかったら、日辻先生はどうするつもりだったんですか？体育館を抜け出す理由がなくなっちゃいますよ」

再び、琴葉が疑問を呈するが、

「抜け出せなかったら、殺人事件が起きなかっただけの話だよ。日辻先生にはなんの損害もない。また、次の機会を待てばいい。それに、昨日も言ったけど、ぼくは去年から全校集会の度に倒れていたから……日辻先生はそれを仮病だと見抜いていたようだから……今回もぼくが嘘の貧血で倒れることは、充分に予測できたはずだよ」

「じゃあ、本当に日辻先生が犯人なんですね？ 昨日は被害者になるはずだったなんて言ってましたけど」

「全ては可能性の問題だよ。長尾先生の携帯電話が持ち去られていた以上、人違いの可能性は消滅した。誤って殺してしまった被害者の持ち物を、犯人が気にかける必要はないからね」

「…………」

「最初からたった一つの結論を導くことなんて、どんな優秀な探偵にも出来ないんだ。むしろ優秀な探偵こそ、初めはいくつもの可能性を頭の中に描いているものだよ。いかに偏見や固定観念にとらわれず、たくさんの可能性を思い描けるか……そして、それらを捜査の過程でいかに潔く手放せるかどうかが真の探偵と、そうでない者の分かれ目になるんだ」

「ということは、日辻先生が犯人だっていうのもまだ可能性の一つなんですか？」

「そういうことだね、少なくとも、凶器のハサミを清白高校に持ち込んだ方法がわからない以上、日辻先生を犯人呼ばわりすることは、ぼくには出来ない」

もう充分にしているような気はしたが、琴葉はあえて指摘しなかった。

第六章 増える容疑者

1

翌朝から、琴葉は一時間早く家を出るようにした。遅刻をして担任の脇野に嫌みを言われるのはもうごめんだったし、意地もあった。

一度、誰よりも早く登校するんだと誓ったからには、その決意を最後まで貫き通したかった。母親は、一週間続いたら、いいほうね、と言って笑っていたが……。

——みてなさいよ、ママも、先生も。

まだ誰も登校していない正門の前で琴葉は思い切り朝の空気を吸い込んだ。それから、

「おはようございます」

大きな声に乗せて息を吐き出す。その声で、詰め所に控えている警備員を呼び、門を開けてもらおうという寸法だ。登校時間に一時間も早いと、さすがに校門も通用門も開いていない。

だが、いくら待っても警備員は姿を見せなかった。受付のガラス窓の奥には、確かに人影があるのだが、一向にこちらに気づいた様子がない。何度か声をかけても静止したままだ。

——まさか、殺されてるんじゃないでしょうね。

この数日ですっかり物騒な——というより、現実離れした——ものの考え方をするようになっていた琴葉は、胸騒ぎを覚えて門に足をかけた。

——結局、あたしは遅刻しても、しなくても、門を乗り越える運命にあるのか。

などと思いつつ、一気にてっぺんまで体を引き上げた。すると、それを待っていたかのように、詰め所から警備員が飛び出してきた。

「こら、何をしてるんだ」

少し慌てた様子で声をかけてくるが、

「それはこっちの台詞だよ。いくら呼んでも、無視

スカートがパラシュートのように広がる。慌てて両手で押さえて、見られなかったかな、と視線を警備員に走らせる。

「あれ」

目の前の男のズボンのポケットから黒い紐のようなものがはみ出していた。

「なるほどね。こういうことだったんだ」

琴葉はすっと手を伸ばして、その《紐》を引っ張った。

「こんなのを両方の耳に突っ込んでいれば、悲鳴だって、おはようございますの声だって、聞こえるはずがないよね」

《紐》はヘッドホンのコードで、その先にはコンパクトMDプレーヤーがつながっていた。

詰め所をのぞけば、もう一人いるはずの、初老の警備員の姿はない。つまり、この若い警備員は自分が一人の時はいつもヘッドホンで音楽を楽しんでいたというわけだ。


してさ」

琴葉は言い返す。それから、警備員の顔をしげしげと見て、

「あれ？　あんた……」

それは一昨日、頭木保が問い詰めた男だった。始業式の日に体育館の外階段を見張っていた警備員。その日に限って、琴葉の悲鳴が聞こえなかったと証言した若い男だ。

「どういうこと？　火曜と金曜には、あたしの声が聞こえなくなる病気にでもかかってるの、あんた？」

「うるさい」

「うるさいってことは、聞こえてるんだ」

「いいから、門から降りろ」

「言われなくても、降りるわよ。スカートなんだから、あっち向いててよ」

琴葉は警備員が背を向けるのを待って、飛び降りた。

「ね、だから、外階段を見張ってる時も、あいつはこっそり音楽を聴いてたんだよ」

棚彦が登校して来ると、琴葉は今朝の出来事を伝えた。

朝のホームルームが始まる前だというのに、二年三組の教室には、保も、のの子も、八重ちゃんも顔をそろえていた。

「そんなの最初から知ってたよ」

あっさり答えたのは棚彦だ。

「だって、おれが死体を発見したって体育館に知らせにいった時、あの警備員、慌ててヘッドホンを外して、おれの前に立ち塞がったんだから」

「そんな大事なこと、なんで黙ってたのよ」

琴葉が口をとがらせる。

「告げ口したってしょうがないだろう。下手なことを言って、警備員がクビにでもなったら……そうでなくても、おれが『警備員は踊り場に座っていた』

って言っただけで、ワッキーのやつ、職務怠慢だなんて怒りだしたじゃないか」

ワッキーとは、脇野のことらしい。いろいろな呼び方をされる教師だ。

「小日向くん。きみが大したことじゃないと思っていても、ぼくや警察にはそれが重要な……」

保が言いかけた時、ワッキーこと、脇野啓二郎が教室に入ってきた。

「なんだ、おまえたち。まだ、探偵ごっこの続きをやってるのか。もうチャイムが鳴るから、さっさと自分たちのクラスに戻れ」

まるで犬の子でも追い払うように言った。

2

脇野の態度があまりにも高圧的だったせいなのか、保たちはその後、休み時間にも姿を現さなかった。

どうしたものかと思っていると、三年生は、今日は午前中いっぱい健康診断なのだそうだ。授業時間に関係なく、体育館や保健室、レントゲン車を行き来するため、琴葉のところへは来られないのだ。

「せっかく、ママから聞いた情報があったのに……」

琴葉はつまらなそうにつぶやいた。いつの間にか、自分も《探偵ごっこ》を楽しみ始めていた。

ちなみに、昨夜、琴葉が羽月警視から聞かされた情報とは、体育教官室から長尾先生の指紋が見つかったということと、時計塔の中から坂下のの子の指紋が検出されたという二点であった。

これにより、長尾先生はやはり体育教官室を通り抜けに使っており、のの子は証言通り時計塔に立ち寄っていたことが、明らかになった。

「どっちの指紋も、始業式当日につけられたとは限らないんじゃないか」

言ったのは棚彦だった。保に伝えるのは後回しにして、同じクラスの棚彦に先に捜査状況を教えると、彼は開口一番そう言ったのだ。

「それはないよ。体育教官室の机は毎朝、当番の先生が雑巾《ぞうきん》で拭くことになってるんだって。だから、指紋がつけられたのはあの日の朝。あんた、この学園に一年もいて、そんなことも知らないの？」

「普通は知らないだろ、先生たちの決まり事なんか」

「あ、ひらきなおった。頭木先輩なら、そんなことは言わないだろうな」

琴葉はわざと挑発するようなことを言った。

「じゃあ、時計塔のほうはどうなんだ。まさか、こっちも毎朝、誰かが雑巾がけしてるのか」

「そんなわけないでしょ、土足で入る場所なんだから。こっちは指紋の他に坂下さんの靴の跡も見つかってるの」

「靴？」

「あの日、坂下さんは体育館シューズのまま外に出たんだけど、その二十六・五センチの靴跡がいくつも時計塔のドアの内側に」

「なんでドアに」

「一昨日、車の中で教えてあげたでしょ。坂下さんは時計塔に閉じ込められちゃって、中から何度もドアを蹴ったって。で、その跡がくっきり」

「なるほどね。事前にアリバイ作りのために足跡を残しておこうとしたのなら、もっと自然な場所に残すよな。そんな突拍子《とっぴょうし》もないストーリーは考えないか」

同じことは放課後、駆けつけた保も口にした。

「坂下さんらしいや。ドアをバンバン蹴ったことで、自分の無実が証明されるなんて」

こんなことが言えるのは、この場にのの子がいないからだ。のの子と八重ちゃんは、今日も新入生のオリエンテーションで放送部に駆り出されている。

「それで、羽月さん。体育教官室のほうだけど、机以外の場所からは指紋は検出されていないの？」

保が訊く。

「体育の先生たちの指紋はあったけど、あたしたち六人の指紋はなかったそうです」

事件当日、学園に残されたメンバーはみな、あらかじめ警察に指紋を採取されていた。

「警備員と他の先生たちの指紋も見つからなかったそうですよ」

「ドアノブは？」

「あそこからは、誰の指紋も検出されなかったって言ってました」

「長尾先生のも？」

「なんだか、ふき取られたあとがあったとかで……」

琴葉の声が小さくなった。

「それ、おまえの母親が消しちゃったんじゃないのか？　あの日、手袋でドアを開けてたから、こう回す時に、つるっと手を滑らせて……」

棚彦が言う。

「いや、ぼくかもしれない。通り抜けの実験の時、ハンカチを使ってドアを開けたから」

保がかばってくれたが、それなら琴葉も同様だった。

「別にいいじゃん。誰が消しても」

話題を変えようとした。すると、

「なんだ、おまえたち」

いきなり教師の脇野が教室に入ってきた。

「今朝、注意したばっかりなのに、また探偵ごっこか」

つかつかと歩み寄ってくる。話題は変わったが、こんな展開は歓迎できなかった。

「ごっこじゃありません」

小さな声で保が反論する。

「なんだと」

逆に脇野は腹の底から声を出した。大声を上げれば、相手を威圧できると思っているようだ。

「おまえはもう三年だろ。何組だ？」

「……八組です」

答える保。

「八組なら《文I》じゃないか。おかしなことばっかりやっていると、推薦をもらえなくなるぞ」

《文科I類》は文系大学の進学を目指す生徒を集めたクラスだ。三クラスあって、七組が国立大学、八、九組は私立大学の受験者を対象にカリキュラムが組まれている。

脇野は保を脅してから、琴葉と棚彦に向く。

「おまえたちは《特C》なんだぞ。まだ二年になったばっかりで、これからが一番大切な時期に、こんな《文I》の先輩とおかしなことに首を突っ込んで、進学できなくなっても知らないぞ」

《特類C》は私立文系難関大学進学コースだ。

「それを進学させるのが、先生の役目じゃん」

ぼそっと琴葉がつぶやいた。

「何か言ったか」

にらむ脇野。そっぽを向く琴葉。

「だいたい、事件のことは警察に任せておけばいいんだ」

教師は言う。

「せっかく、警察に内密に捜査してもらっているのに、おまえたちが騒いで世間に知られたらどうする？」

「………」

「おまえたちはまだ高校生なんだぞ。もし警察の鼻を明かそうだとか、犯人を捕まえてやろうだなんて夢みたいなことを考えているのなら、そんな気持ちはとっとと捨てちまえ。怪我《けが》をしてからじゃ遅い。怪我だけならいいが、犯人を追い詰めて、反対に長尾先生みたいに殺されたらどうする」

「犯人がわかったら、警察に知らせますよ。危険なことはしません」

保がおずおずと言うが、

「だから、その前に探偵ごっこをやめろと言ってるのがわからないのか」

脇野はつかみかからんばかりだ。

「何度でも言うぞ。おまえたちはまだ高校生なんだ。何の力もない子供なんだ。数字で言えばゼロだ。世の中のことなんか、何もわかってない。そんなおまえたちに何が出来る？」

「なんでも出来るよ」

言ったのは琴葉だった。

「なんにも知らないから、なんでも出来るんだよ。そんな先生みたいに、やる前からあれは出来ない、これは出来ないなんて考えないからさ、あたしたちは」

琴葉は平然としていた。

「くだらない。若さの特権とでも言いたいのか。青くさいことを……」

「わあ、初めて聞いた。青くさいなんていう言葉、本当に口にする大人っているんだ。あれって、大人じゃない人が自分を大人に見せるために言う台詞かと思ってた」

「どっちでもいいけどさ」

棚彦が間に入った。

「先生、何か用事があって教室に来たんじゃないんですか？　いま新入生のオリエンテーション、やってるんでしょ。テニス部の顧問がこんなところにいたら……」

「あ、そうだ、そうだ」

脇野はこれまでの居丈高な態度を一変させて、琴葉に向いた。

「羽月、おまえ、前の学校じゃ、そこそこテニスの腕前があったそうだな。うちの部に入れ。キャプテンも関東大会でおまえのプレイを見て、羽月ならうちのレベルに達していると言っていたぞ」

脇野は揉《も》み手《で》でもしそうな勢いで琴葉にすり寄った。ものすごい豹変ぶりだ。

「たった今、あんなひどいこと言っておいて、今度はテニス部に入ってくれ、なんて調子がよすぎるんじゃないの」

琴葉はストレートに言う。

「それに、あたし、昨日の放課後、練習を見にいったけど、全然、楽しそうじゃないんだもん。なんか、みんな本気で……」

「そりゃあ、全員《スポ芸》クラスの人間だからな」

「特待生と一緒なんて無理ですよ」

「そう言うな。少しはこっちの顔も立ててくれよ」

脇野は勝手なことを言った。

「うちのコーチは学外から招いた全日本クラスの一流どころだぞ」

早い話が、普段は何の権限もない、お飾りの顧問を任されている脇野が――部員には相手にされていないはずだ――琴葉をスカウトして、みんなに、なかなかやるな、と思わせたいだけなのだろう。

「いいから、ちょっと来い」

脇野は琴葉の腕をつかむと、強引に教室から連れ出した。

残された保と棚彦はぽかんと顔を見合わせるしかなかった。

3

次の日――。

「へえ、そんなことがあったんだ、昨日」

八重ちゃんが言った。

「まったく、どうかしてるよ、ワッキーのやつ」

琴葉が口をとがらせる。

「あたしがどうしても入部しないって言ったら、入ってくれたら、おまえたちの探偵ごっこを続けさせてやってもいい、だって」

「よかったじゃない、一石二鳥で」

「よくないよ。あたし、入部する気なんかないもん」

「どうして?」

首をかしげる八重ちゃん。

「テニス、嫌いじゃないんでしょ、琴ちゃん」

「脇野は嫌い」

「顧問なんて普段は練習に顔出さないよ。大会の時だけ……」

「それでも嫌」

「もったいないなあ。あたしなんか、去年、入りたい部がなかったから、自分で作ろうと思ったくらいなのに……」

「へえ、何部を?」

「内緒」

「なんでよ。教えてよ」

「教えない」

「けち」

「でもね、その時、脇野先生に顧問になって下さいってお願いにいったの……ほら、あたし去年、ワッキーのクラスだったから……そうしたら、なんでおれがおまえのために顧問をやらなくちゃならないんだって」

「なにそれ、あったまにくる」

「仕方ないよ。先生が部活動を指導をするのって、仕事じゃないんだって。ボランティアでやってるんだって、先生、言ってた」

「ふざけるな」

「でしょ? それなのに、脇野先生、去年からテニス部の顧問になったんだよ。教頭先生に頼まれて、どうしても断れなかったからって」

「許せないな、あいつ」

琴葉は自分のことのように怒った。

「うん。のの子先輩もそう言ってくれたよ、去年」

八重ちゃんは琴葉をなだめるように言った。

「あたしがね、話が違うじゃないですかって、職員室で先生と揉めてたの。そうしたら近くをのの子先輩が通りかかって……今の琴ちゃんみたいに、がーって」

その姿は容易に想像できた。


「それで、八重ちゃんは坂下さんのいる放送部に?」

「うん、なんにもしないのはつまんないしね」

と、にっこり微笑む八重ちゃん。

「琴ちゃんも入る?」

「どうしよっかな」

「あ、そっか。琴ちゃん、本当は探偵ごっこを続けたいんでしょ? それで、テニスも嫌いじゃないから……それなら、やっぱり入部しちゃおっかなって」

「半分、あたり。半分、はずれ」

言って、琴葉はラケットを振る真似をした。

すかさず八重ちゃんがしゃがんで琴葉の太ももを両手でぴしゃんとたたいた。

「やっぱりさ、この引きしまった足をテニスコートに集まる観客に見せつけないのはもったいないよね」

と、言う。

「八重ちゃんだって、放送部とは思えないたくましい足を……」

「それって、太いってことじゃないの」

八重ちゃんはじたばたする。

ちなみに二人はいまスカイブルーのハーフパンツをはいている。上はそれより少し薄い色の半袖シャツで、霧舎学園二年生女子の体操服だった。

場所は体育館――。

昨日、三年生がおこなっていた健康診断を、今日は二年生が受けていて、身体測定の順番待ちの間におしゃべりをしていたというわけだ。

「先生！」

その時、数名の女子生徒が体育館の中になだれ込んできた。

全員、ブルーの体操服を身にまとい、口々に、痴《ち》漢《かん》だとか、のぞきだとか言っている。

「どうしたの？」

入口の近くにいた琴葉が訊くと、

「トイレに痴漢がいるの！」

集団の中の一人が、外を指さして大声を上げた。

4

四月の体育館は寒い。そんな所で、薄着をさせられたらトイレも近くなろうというものだ。

隣接された屋外トイレには、だから、引っ切りなしに女生徒が出入りしていた。のぞき魔はそこに目をつけたということらしい。

「まだ、中にいるの？」

琴葉が訊く。今は十数名の女生徒がトイレの外を遠巻きに囲んでいる状態だ。

不意に、三日前のことが思い出され、まさか棚彦じゃないだろうな、と心配になった。

ところが――そこへ本当に棚彦がトイレの中から現れた。

「あんた、なんてことしてくれてんのよ」

女生徒の数に驚いて、一瞬、立ちすくんだ棚彦に、琴葉はつかつかと歩み寄り、思いきり平手打ちをした。

「だめだよ、琴ちゃん」

八重ちゃんが止めに入ったが遅かった。

「棚彦はいま、ちゃんと男子トイレのほうから出て来たよ」

「え、そうだった?」

棚彦の胸倉をつかみながら振り返る琴葉。

うなずく八重ちゃん。遠巻きの女生徒たちも首を縦に振った。

「あんたが紛らわしいことするからだよ」

と、棚彦のせいにする。

「おれは……」

頰を押さえて立ち尽くす棚彦。何が起きたんだという顔で、琴葉を見返す。

と、そこへ、今度は明らかに女子トイレのほうから男性が飛び出してきた。鼻の下に髭を生やし、丸いレンズのサングラスをしている。中で様子をうかがっていたのだろう、帽子を目深に被り、頭を低くして人垣を突破しようとしている。しかし、

「ちょっと待てよ」

棚彦が言ったかと思うと、男はあっさり首根っこをつかまれていた。

女生徒から歓声が上がる。

琴葉は立場がない。

「あんたのせいだからね」

またも、筋違いな文句を、今度はのぞき魔に投げつけた。

「ちょっと待て」

棚彦は再びびんたをしようとしている琴葉を制し、腕の中の男に言った。

「あんた、四日前にもこのトイレに忍び込んだか?」

そんなことを訊く。男が答えないでいると、

「琴葉、警察を呼んでくれ。普通に一一〇番するん

じゃなくて、おまえの母親に連絡するんだ」

「わかった」

琴葉が駆け出すと、八重ちゃんがにこっと笑った。

「棚彦、いま、琴ちゃんのこと『琴葉』って呼んだね」

棚彦は答えない。

「それより、八重樫。こいつが凶器を持ってないか、ポケットを探ってくれ」

言って、棚彦は男を羽交い締めにして、八重ちゃんの前に突き出した。

男はカーキ色のナイロンベストを着用していた。左右の胸と、サイドにポケットがある。

「あー、大変なもの持ってる、この人」

八重ちゃんは右のポケットに手を突っ込んだまま言った。

「ほら」

引き出された手のひらにはデジタルカメラが載っていた。

女生徒たちから一斉に悲鳴が上がる。

「悪いけど、あんたたちのことは撮ってないよ。おれは可愛い子にしか興味ないんだ」

捕らわれののぞき魔はふてぶてしくギャラリーに言った。

「おれの被写体はみゆだけだ」

みゆというのが、アイドルタレントの桜沢美弓《さくらざわみゆみ》であることは、霧舎学園の生徒なら誰でも知っていた。

「あの子なら一番初めに全部の検診を済ませて、とっくに仕事に行っちゃったよ。売れっ子芸能人は特別待遇なんだから」

女生徒の一人が言った。

「ということは、今日は夕方から名古屋のレギュラーがあるから、もう新横浜に向かったってことか」

男はつぶやいた。桜沢美弓のスケジュールが全て頭の中に入っているようだ。怖い。

「じゃあ、これ、なんにも写ってないんだね」

言いながら、八重ちゃんがデジタルカメラの電源を入れた。説明書がなくても、スイッチやダイヤル類には絵記号が記されているから操作は簡単だ。

「あれ、これ、琴ちゃんじゃない？」

再生画面には、セーラー服を着た、髪が肩まである女の子が写っていた。後ろ姿だが、制服は明らかに羽月琴葉が着ているものと同じである。

「あーあ。琴ちゃん、これママに見られたら、怒られるよ」

液晶画面の中で、琴葉は霧舎学園の裏門に足をかけてよじ登っていた。撮影日時を表示させると、始業式の朝だった。

「あ、てっぺんにまたがった」

八重ちゃんは次のコマに進めて、実況する。

「またがったまま、右見た。この顔、やっぱり琴ちゃんだ」

次。

「あ、こっち見た。周りに人がいないか確認してるんだ」

次。

「うわ、飛びおりたよ。パンツ、見えてる」

八重ちゃんはちらっと棚彦の様子をうかがって、

「見たい？」

「……………」

「じゃあ、消しちゃってもいい？」

と、消去ボタンを探す。

「消すな」

棚彦が慌てて言う。

「……証拠品だから」

つけ足す。

八重ちゃんは、ふーん、と言って、次のコマを表示させた。

「あれ」

そのあと無言。ボタンだけを押し続ける。やがて、

「なにこれ？」

盗撮男に訊いた。

「最初は正門の外でみゆが登校するのを待ってたんだ。だけど、チャイムが鳴って、門が閉められても現れなかったから、もしかしたら別の入口から入ったのかと思って、裏門へ回ったんだ。そうしたら、そんな場面に出くわした」

「それは琴ちゃんの写真のことでしょ。そのあとのやつだよ」

「そのあとは、その《ことちゃん》とかいう子が門を乗り越えて、何事もなかったから、おれも真似をして学園の中に入ったんだ。で、いろいろ歩いていたら、その子たちが着替えていたんで……」

八重ちゃんは再び液晶画面に視線を落とす。

「確かに、三人の女の子が写ってるよね。一人はセーラー服で、一人はテニスウェアみたいなプリーツのはいった短いスカートにノースリーブ。もう一人はセーラー服のスカートだけを穿いて、上は下着姿だけど……」

八重ちゃんは顔を上げる。

「この写ってる場所――この人たちの後ろにある建物って、うちの時計塔じゃないの？」

「そうだよ。あそこの薄汚い時計塔の裏で、その子たち、隠れるようにして着替えていたから撮ってやったんだよ」

「でも、この時間は……」

八重ちゃんは再び画面を見た。

1998/04/07 AM09:05 ――と、なっている。

「ちょうど琴ちゃんたちが長尾先生の死体を発見した頃なんじゃないの？」

「ちょっと見せてくれ」

棚彦が言った。

「おい、この写真を撮った時、悲鳴みたいな声を聞かなかったか？」

一瞥《いちべつ》するや、盗撮男に質した。

「聞いたよ、遠くのほうだったけど……。それで、怖くなって、この日は退散したんだ」

5

「つまり、あの日の朝、あたしたち以外にもまだ構内に人がいたってことだね」

琴葉が言った。

健康診断も終わり、のぞき魔も連行され、いつものメンバーに羽月倫子警視を加えた六人が生徒指導室に集まっていた。

「もっとはっきり顔が写っていればいいんだけどなあ」

カメラを操作しながら、頭木保がつぶやいた。

写真は全部で三枚で、いずれも後ろ姿か、横を向いていても別の一人の陰に隠れて顔は確認できないアングルだった。

「そんなことよりさ、この時間」

のの子が言った。

「この写真が撮られた時、あたしちょうど、この後ろの時計塔に閉じ込められていたんだよ。中でドンドン騒いでいたんだから、この子たちも助けてくれたらよさそうなものを……」

「そうはいかないよ」

保が首を振った。

「だって、この三人が坂下さんを閉じ込めた張本人なんだから」

「え？」

「別に驚くことじゃないと思うけどな。彼女たちは着替えるところを誰にも見られたくなかったんだ」

「それはわかるけどさ。だったら、外で着替えなきゃいいじゃん。あたしに見られたくなかったんなら、どこか別の場所に移動すればよかったのに」

「それは逆だよ。彼女たちは外で着替えたくなかったから、別の場所から時計塔へ移動してきたんだ。そうしたら、一足違いで、坂下さんが中に入るのを目撃してしまった」

「それでも同じことでしょ。時計塔の中で着替えたかったんなら、あたしが出て来るのを待つか、また別の場所へ……」

「そんな余裕はなかった。彼女たちは一刻も早く着替えたかったんだ。だから、その最中に坂下さんが出てこないよう、中に閉じ込めた——」

「なんでそこまでするのさ?」

「決まってるじゃないか。彼女たちの服に血がついていたからだよ」

「え」

「それは当然、長尾先生の血、ということだよね」

羽月警視が言った。

「そうでなければ、坂下さんを閉じ込めてまで、急いで着替える必要はありません」

答える保。

「いいわ。時計塔の周辺をもう一度……今度は血痕を重点に調べてみるわね」

警視はうなずいてから、

「ところで、おてんば琴葉ちゃん」

自分の娘に声をかけた。

「おてんば琴ちゃん」

八重ちゃんが面白そうに繰り返す。

「そうね、八重樫さんも一緒に見てくれるかな」

警視はそう言って二人にデジタルカメラのディスプレイをのぞかせた。

「あなたたち、この三人に見覚えはないかしら?」

いきなりそんなことを言う。

「なんで、あたしたちが知ってるのよ」

口をとがらせる琴葉。

「あら、だって、この制服……」

と、警視は画面の左端に写っているセーラー服を着た女の子を指さした。

「あ、清高の制服だ」

八重ちゃんが先に気づく。

「ほら、いま琴ちゃんが着てるのと同じセーラー服だよ。こっちのスカートしか穿いてない子もおんなじ色合いのスカートだし、完全に着替えてるこっちの子の足元にある制服も襟の作りが一緒だよ」

「そこで、琴葉ちゃんの出番」

母親が言う。

「この真ん中の子が着ているのはテニスウェアに見えるんだけど……ウェアでも、体型でもいいんだけど……テニス部のお友達に、こういう子はいなかった？」

「すごい、琴葉ママ。どうなの、琴ちゃん？」

八重ちゃんは独りではしゃいでいる。

「わかんないよ。……でも、いないと思う。あたし、みんなのウェアなら、全部見たことあるもん」

「そう、残念ね。もしかしたら、制服も清白高校のものとは違うかもしれないしね。セーラー服なんて、どこも似たり寄ったりだから」

「いや、あの日、清白高校の生徒がうちの学園に来ていたことは間違いないと思う」

言ったのは、なぜか小日向棚彦だった。

「まあ、どうして、そう思うの、棚彦くん？」

警視が相好を崩した。

「覚えてるだろ、あの日の放課後」

棚彦は琴葉に言った。

「覚えてるよ」

少し口ごもる琴葉。

「あんたが、一緒に帰ってやるって、言ってくれた時でしょ」

「きゃー、琴ちゃん」

『言ってくれた』という表現に、八重ちゃんが興奮した。

「あ、気にしないで。続けて」

後輩の口を塞いでの子がうながした。

「あの時、正門のところで警備員がおまえに『まだ構内にいたのか』って訊いてきただろ？」

「うん」

それなら、琴葉はよく覚えていた。薄気味悪い思いをしたから、交わされた会話も一言一句、反芻《はんすう》できる。

――あれ、きみ、まだ構内にいたのか？

――あ、はい。

――他の子は？

――さあ……。

――さあって、きみ。清白高校から来た子だろ？

「おまえは、あの日の朝、裏門から入ったのに、警備員はまるでおまえのことを知っていたかのように声をかけてきた。それも、連れがいるような言い方で」

「そうだった。あたしは自分の他にも転校生がいて、その子のことを言っているのかと思ってたけど……。会ったこともないあたしのことを知っていたのは、顔写真のついた入学書類のコピーか何かが警備員の詰め所に配られているのかと思ってた……でも、違ったんだ」


「ああ、警備員はおまえの顔を覚えていたんじゃなくて、おまえの制服を覚えていたんだ」

「つまり、あの日の朝、あたしと同じセーラー服を着た女の子が正門から学園内に入っていた……」

「その女の子は一人じゃなかったから、一人で帰ろうとするおまえを見て『他の子は？』と訊いてきた」

「あの時、警備員が詰め所で出した用紙はあたしの入学書類なんかじゃなくて、部外者が来校の際に記帳させられる受付の紙だった――」

「そう。そして、そこには清白高校の名が記されていたに違いない」

「すごい、すごい」

八重ちゃんみたいな喜び方をしたのは、外ならぬ羽月警視だった。

「トミーとタペンスみたいよ、あなたたち」

と、わけのわからないことを言う。

「これはまたマニアックなたとえを……」

苦笑しているのは保だけだ。

「その通りなのよ。あの日は事件さえなければ、午後に霧舎学園と清白高校のテニス部が練習試合をすることになっていたの」

警視は言う。

「知ってたよ、それなら。ひろみから電話で聞いたもん」

琴葉が答える。

「でも、中止になったって知らせが入って、誰もこっちには来なかったって言ってたよ」

「それでもこうして写真が撮られているわ」

「…………」

「正門の受付に残されていた用紙には、『清白高校テニス部・三名』と書かれていたの。時刻は八時三十分」

「ママ、そこまでの情報を持ってるのに、どうしてさっき『この三人に見覚えがあるか』なんて、あたしに訊いたのよ？」

琴葉は試されたようで気分が悪い。

「だって、この線からいくら調べても、清白高校のテニス部のみんな、互いにアリバイを主張しあってるんだもん」

「清白駅に集まっていたっていうんでしょ。それも、あたし、ひろみから聞いてるよ」

「だから、その集合していた子たちの他にも部員はいなかったのかなって思って、琴葉ちゃんに訊いてみたんじゃない」

「ひろみの話だと、応援団を入れて二十人ぐらいで来るつもりだったって言ってたから、駅に集まっていたのは全部員の三分の二ぐらいだね。それでも、この写真に写っているような子には見覚えないよ」

「じゃあ、テニス部以外の清白高校の生徒かしら？」

「きっと、そうだよ、ひろみたちは千葉からジャージ姿で電車に乗ってくるつもりだったって言ってたもん。制服なんか用意してないに決まってるよ。それに、テニス部は全体行動が徹底されてるから、三人だけで別行動なんて考えられない。これ、テニス部員に成りすました普通の生徒だよ」

「わかったわ。明日からアリバイの調査対象を清白高校の生徒全員に広げましょう」

羽月警視は幾分うんざりした顔で言った。

第七章 罠を仕掛ける

1

琴葉たちが学園を出たのは午後一時を少し回った頃だった。

「五日目で始めてだね、琴ちゃんと一緒に帰るの」

隣を歩く八重ちゃんが言った。

「うん、一人、邪魔なやつもいるけどね」

と、琴葉は棚彦を見る。

今はこの三人しかいない。頭木保は、羽月警視と一緒に構内に残り、時計塔周辺の血痕を調べるのだという。保が残れば、当然、坂下の子も残る。だから、家路につくのはこの三人だ。

「あれ、琴ちゃん、電車じゃないの？」

正門を出て左に曲がろうとする琴葉に、八重ちゃんが声をかけた。

「そうだよ、虹川町の駅から……」

「おうおう、そうやっておれを邪魔者扱いしていればいいじゃん」

声を上げたのは棚彦だ。

「もう、琴ちゃんもそんな意地悪しないで、こっちから一緒に帰ってあげようよ」

八重ちゃんが前方の道を示す。

「え、だって、あたし、本当に虹川町の駅から……」

どうも様子が変だぞ、と思いながらも、琴葉は左の道を指さす。

「まさか、琴ちゃん、ほんとに毎日、虹川町の駅から通ってるの？」

「そう……だよ」

「なんで？」

「なんでって……みんな、そうなんじゃないの？」

「違うよ、遠回りじゃん」

「え」

「霧舎学園の最寄り駅は矢面《やおもて》駅だよ」

「え」

血の気がすーっと引く。

「ほら、これ」

と言って、定期券を見せてくれる八重ちゃん。

「うそ」

「うそじゃないよ」

「あたし、まだ定期は買ってないけど……」

「こりゃいいや。虹川町から、あんな坂道を上ってきてるんなら、そりゃあ、遅刻して当然だ」

棚彦が笑った。

確かに、それで初日は遅刻した。虹川町の駅から学園まで一人の生徒も見かけなかったのは、時間が遅かったせいではなく、もともと誰も利用しない道だったからなのか——と、琴葉は納得した。

二日目は母親の運転する車だったから、どんな道を通っても気にしなかったし、三日目はまた遅刻で、四日目は逆に一時間早く家を出た。いずれも、一般の生徒の登校時刻とは重ならない。今日も同じことだ。つまり、琴葉にはこの五日間、みんながどの道を通って学園にやって来るのか知る術がなかったのだ。というより、自分が違うルートを選択しているなんて夢にも思っていなかったから、何もチェックしなかった。

下校時にしてもそうだ。初日は始業式が終わってすぐに、ほとんどの生徒が帰路についたが、琴葉は学園に残された。帰りは棚彦と一緒だったがそれも正門までのこと。警備員との一件があって、琴葉は正門から一人で駆け出してしまった。

三日目と四日目は午前中授業で、二、三年生はすぐに帰宅し、オリエンテーションのあった一年生は三時過ぎまで構内にいた。琴葉はその二日間ともテニス部の様子をのぞいてから帰ったので、これまた一人だけ中途半端な時刻に校門を出ることになった。当然、そんな時間に帰路につく生徒は一人もいなかった。

編入試験の時も、転校の手続きに学園を訪れた時も、母親の運転する車の中で爆睡していた。初日に道の景観が変わっているように感じたのは、桜が咲いていたからではなく、最初から違う道を歩いていたからなのだ。

「だけど《入学案内》にあった地図だと、虹川町の駅のほうが学園に近かったよ」

琴葉はバッグを引っ繰り返した。始業式の日に蘭堂ひろみと電話で話したあと、バッグに突っ込んだ記憶があった。

「ほら」

と言って、地図の載っているページをひらく。

「あ、これ、誤植のほうだ」

すかさず八重ちゃんが言った。

「ここに『駅から400m』って書いてあるでしょ。本当は『矢面駅から400m』って書かれてないとだめなんだよ」

「そんな……。どう見ても矢面駅のほうが学園から遠いじゃん」

地図を示して、琴葉は引き下がらない。

「当たり前だろ。ここから矢面までは四百メートルだけど、虹川町までは三百メートルしかないんだから」

さらりと言ったのは棚彦だ。

「え？　だったら……」

「いいか。地図上の距離は三百メートルでも、実際に歩くと、その三百メートルは急な上り坂なんだ。平坦な四百メートルの矢面駅から歩いたほうがずっと早く学園に到着する」

「そんなのインチキだよ」

「まあ、文字が抜けていたんだから仕方がないけど……。でもなあ、地図にはちゃんと縮尺も載ってるし、電車のトンネルをよく見れば、矢面駅が山の上にあって、虹川町は山の下にあるってわかりそうなもんだけどなあ」

「地理は苦手なんだよ。受験は日本史選ぶし……」

琴葉は負け惜しみを言う。

「でも、どうしてこの誤植のほうが琴ちゃんの手に渡っちゃったんだろうね」

八重ちゃんが首をかしげた。

「これってね、ほんとは正誤シールが貼られているはずなんだよ。印刷屋さんから出来上がってきた時に誤植が見つかったから、このまま外に出るはずないんだけどな」

「詳しいね、八重ちゃん」

「だって、あたしが見つけたんだもん、この間違い」

「どうして八重ちゃんが？　これ、受験生のためのパンフレットでしょ」

「それはね」

言って、八重ちゃんはパンフレットを閉じ、裏面を見せた。

「あ」

そこには霧舎学園の制服が紹介されていた。ポーズをとっているのは、夏服と冬服、それに合服姿の三人の八重ちゃんだった。

「へへ」

鼻の下をこすって、えへんという顔をする八重ちゃん。

「モデルさんだから、一番最初に見本をもらったの」

「すごいね」

「もう一つ、地図の下にある進学類型の説明にも誤植があって、それもあたしが見つけたんだよ。ほら、このパンフレットだと、十組は《スポーツ・芸能》コースってなってるでしょ。でもね、ほんとは《スポーツ・芸術》コースなの。学園内では、みんな《スポ芸》って言ってるから、印刷屋さんも間違えちゃったんだろうね」

「そうか、すごいね、八重ちゃん」

琴葉はひとしきり感心してから、

「それにしても、どうしてあたしだけ誤植版を渡されなきゃいけないの？」

文句を言った。

「転校生だから、適当に扱われたんだろ」

と、棚彦。

「刷り上がったパンフレット全部に誤植シールを貼るのは大変だからな。一九九八年って印刷されている以上、来年はもう使えないし、そんな廃棄処分が待っている在庫の《入学案内》にシールを貼っておく必要はない。おまえがもらったのは、たまたまそのうちの一冊だったんだろう」

「うーん」

納得したくはないが、せざるを得ない。

「だいたい、初日におれが正門の場所を教えた時、自分が勘違いしてたことぐらい気づけよな。駅から一番遠い場所に正門を作るか、普通？」

「構内図には《門》としか書いてないじゃん。初めてで、それが正門か裏門かなんてわからないよ」

琴葉がふてくされると、

「ちょっと待て」

棚彦が手を挙げた。

「あの三人！」

と、こちらを見る。

「デジカメに写ってたあの三人、事件の日の朝は正門から入ったんだよな」

「受付で記帳したってことは、そういうことでしょ」

わけもわからず答える琴葉。

「用紙に『清白高校テニス部・三名』って書かれていたと、お前の母親は言ってたよな」

「うん」

「ということは、当日、テニス部が練習試合に来ることを知っていたということだよな」

「そう……だね」

「テニス部のおまえの友達は電車で来るつもりだったと言ってたな」

「ああ、ひろみのことね」

「電車で来て、どの駅で降りるつもりだったんだろう？」

「そりゃあ……」

「千葉県の高校を招待しておいて、うちの学園は最寄り駅を示した周辺図の一つもＦＡＸしなかったんだろうか？」

「あ、それなら送られてきたらしいよ。っていうより、送ってくれるように催促したらしいけど」

「どんな地図が送られたかわかるといいんだけどな。おまえ、その友達に電話して訊けないか？」

「訊かなくても、知ってるよ、あたし。これだもん」

言って、琴葉はいま手にしている《入学案内》を差し出した。

「これの、どっちバージョンだかわかるか？　正誤シールの貼られているほうか、誤植のままのパンフレットか」

棚彦が訊く。琴葉は少し考えてから、

「あ、誤植のほうだよ。《スポーツ・芸能》コースって書いてあるって言ってたもん」

「そうか」

棚彦は小さく拳を握った。

「よし、戻ろう」

言うが早いか、来た道を引き返し始めた。

2

どこへ行くんだという琴葉に振り返ることなく、棚彦は学園に戻り、校舎内に入った。

「八重樫、放送で脇野を呼び出してくれ」

棚彦は早口で言う。

「いいけど……テニスコートか職員室にいると思うよ」

少し不安げに答える八重ちゃん。何が始まるんだろうという顔だ。

「いなかったら、探すのに時間がかかるから、呼び出すんだ。早くしないと間に合わない」

「わかった」

と、駆け出す八重ちゃん。

放送室には、今日の当番だという成沢冬美がいて、すぐに呼び出しをしてくれた。

「なに、あいつが犯人だったの？」

冬美はそんなことを訊いてくる。彼女は《二年三組の捜査会議》には一度も顔を出していないから、詳しい事情は何も知らないのだ。自分の嫌いな脇野が犯人であればいい、ぐらいの感覚でものを言っている。

そうこうしているうちに、脇野が姿を現した。

「教師を呼び出すとは何事だ」

メンバーを見て一喝《いっかつ》する脇野。

「どうせ、また探偵ごっこだろう」

棚彦はそれには答えず、

「明日、清白高校と練習試合をして下さい」

いきなりそんなことを言い出した。

「なんだ、藪《やぶ》から棒に。今日の明日で、そんな日程が組めるわけがないだろう」

「それでもお願いします」

棚彦は頭を下げた。

「理由を言ってみろ」

頭を下げられたことが意外だったのだろう、脇野にしては珍しく聞く耳を持った。

棚彦はさっきまで琴葉たちと話していたことを繰り返してから、

「つまり、その三人は四日前に一度うちの学園を訪れています。正門の位置も覚えているし、最寄り駅が矢面であることも知っているはずです」

「この地図を見て来たのなら、虹川町が一番近いと思ってるんじゃないのか」

琴葉が差し出した《入学案内》を手にして、脇野が言う。

「いいえ。来た時は虹川町で降りたでしょうが、三人は八時三十分に正門で記帳しています。その時刻なら、うちの学園の生徒が矢面方面から登校してくるのを見たはずです。こいつと違って、最初に目に入った門だからと、裏門を正門と間違えるようなことはしなかった三人ですから、自分たちが降りた駅が最寄り駅でなかったことぐらいすぐに悟ったでしょう」

「気がつかなくて悪かったわね」

琴葉がぼそりと言う。

「いいだろう。その三人が、次にうちの学園に来る時は矢面駅で降りるとして、それでどうなる？」

脇野が先を進める。棚彦は答える。

「その三人以外のテニス部員は、初めてうちの学園に来るわけですから、虹川町駅で降りる可能性が高いと思います」

「それはそうだろう」

「虹川町駅から坂を上ってくれば、学園の裏門の前に出ます」

「ああ」

「裏門を開けて待っていれば、わざわざ正門に回ることはないでしょう」

「つまり、正門から入った人間は、一度、学園に来たことのある人間ということか」

「犯人の可能性が高いです」

「だが、犯人なら、わざわざ現場にもう一度やってくるか？　第一、テニス部員じゃなかったら、練習試合に呼んでも来ないだろう」

「やってみなくちゃわかりません」

棚彦の一言に脇野はふっと笑った。

「なるほど。やる前からあれは出来ない、これは出来ないなんて考えないのが、おまえたちだったな」

昨日の琴葉の台詞だ。

「だがなあ、クラス委員のお二人よ。明日は無理だ。今日から泊まりで、うちのコーチが部員全員をつれてミニ合宿に出かけている。練習試合をしたくても、部員がいない。まさか、対戦相手がいないのに、嘘をついて千葉県の高校を呼ぶわけにもいかないだろう」

「だったら、あたしが入部するよ」

言ったのは琴葉だった。

「あたしが入部するから……先生、明日、練習試合を組んでよ。それが出来なきゃ、もう二度とテニス部には入らない」

3

次の日、琴葉たちは二手に分かれて、清白高校の面々が到着するのを待っていた。

琴葉と棚彦、脇野と八重ちゃんが裏門。この作戦に賛同した、頭木保と羽月警視、それに坂下のの子が正門に控えていた。

「おい、羽月。本当にあちらさんは来るんだろうな」

腕時計を見て、脇野が言った。午前十時二十分である。

「集合時間に二十分も遅れてるぞ」

「来ますよ。約束したんだから……」

昨日、清白高校に練習試合を申し込んだのは最終的に琴葉だった。本来なら、顧問の脇野がするべきことなのに、いきなり明日、試合をしてくれなんて非常識な電話はかけられない、と土壇場になって後《しり》込《ご》みをしたのだ。

それで、琴葉が直接、蘭堂ひろみと連絡を取って、ひろみが向こうの顧問と交渉するというややこしいやりとりになった。

「それにしても、よくオッケーしてくれたよね。琴ちゃん、よっぽどテニス部のみんなに好かれてたんだね」

八重ちゃんが言う。

「そうだといいんだけどね。実際はもっと打算的なの」

琴葉は苦笑する。

「来てくれた人全員にエミューのサインをあげるっ

て言ったんだ。そうしたら、一も二もなく『絶対、行く』だって」

「大丈夫なの、そんなこと言って？　エミューのメンバーって、外でサインしちゃ駄目だって事務所に言われてるんだよ。高い値段で売られたりするから」

「ていうことは、本物のサインを持っている子はほとんどいないっていうことでしょ」

「あ、琴ちゃん、悪いこと考えてる」

「これも正義のためだよ」

うそぶく琴葉。

「おれは手伝わないぞ、偽のサインを書くことなんか」

棚彦が言った。

「四人組だからサインも四人分必要だし、しかも、相手はそのサイン目当てで来るんだから、五日前より大勢で押し寄せるに違いない」

「甘いな。あんたはひろみの性格を知らないから……。あの子はね、自分に降りかかった幸運は、他人に分け与えたりしないの。来た人全員にサインをあげるって言われたら、なんとかして行く人数を減らそうとする子なのよ。自分だけが、いい思いをしたいって考える子なの」

「おまえ、そんなやつと友達なのか……」

棚彦は一歩後ずさる。

するとそこへ、

「なんなのよ、この長い坂は……」

遠くのほうから、わめき声が聞こえた。

「あ、来た」

琴葉がつぶやく。

やがて、藤色のジャージを着た蘭堂ひろみが坂の上に姿を現した。見事に一人きりである。

「おーい、琴葉ー」

こちらの姿に気づき、手を振るひろみ。

「一人だけ？」

駆け寄るひろみに、琴葉は訊いた。

「そうだよ。他校へ練習試合に行く時は、いつも選手と顧問だけじゃん」

しれっとした顔で答えるひろみ。

「その顧問もいないじゃん」

と、琴葉。

「ああ、松田先生ね。なんか、びびっちゃってだめなんだ。長尾先生の殺された学校へなんか危なくて行けるか——って。あの二人、絶対ヤバイことしてたんだよ」

ひろみは憶測でものを言ってから、

「そんなことよりさ、サインは？」

と、右手を出した。

「あとで」

餌《えさ》を欲しがる犬には、まずおあずけだ。

その時、

「あ、まだ誰か来るよ」

八重ちゃんが坂を指さした。

「こらー、ひろみー」

再び、藤色のジャージをまとった女の子が四人、こちらに走ってくるところだった。

「抜け駆けは許さないぞー」

両手を振り回しながら、一気に坂を駆け上がってくる。

「すごい体力」

と、琴葉。そんなに、みんな、エミューのサインが欲しいのか、と少し恐ろしくなる。

結局、同じようなことが、あと四回も続き、合計十六人のテニス部員が霧舎学園の裏門に集まった。

聞けば、昨日の部活帰りに立ち寄ったファミリーレストランで、蘭堂ひろみがサイコロステーキとかつ重を食べたことが部員たちの間で話題になり、これは何かあると、夜のうちに緊急連絡が回ったそうだ。

「まったく、テキにカツ、もいいけど、そんなに食べたら、またいつかみたいに試合中にお腹が痛くなっちゃうよ」

琴葉が呆れると、

「食べ物から足がつくとは一生の不覚」

ひろみは大袈裟に悔《くや》しがってみせた。

「でも、おかげで作戦は大成功だ」

棚彦が言う。

「清白高校のテニス部は全体行動が徹底しているって聞いてたから、今日もみんなでまとまってやって来るのかと思ってたけど……独り抜け駆けしてくれたおかげで、バラバラに集まってくれた」

「そっか、集団で来られたら、例の三人もみんなと一緒に虹川町駅で降りたかもしれないもんね」

と、琴葉。

「なに、ごちゃごちゃ言ってるの、あんたたち？」

ひろみが二人を見る。

「なんでもない。さ、試合をしよう」

無地のTシャツにスコートという、オーソドックスなスタイルで琴葉が促した。

すると、

「あたたたた」

急にひろみが腹を押さえてうずくまってしまった。

「やっぱり、あたし、昨日、食べ過ぎたみたい」

そんなことを言い出す。

「どうする？」

一同は顔を見合わせた。

というのも、どう見ても芝居なのだ。痛がり方が小学生の学芸会レベルなのだ。

——ひろみのやつ、サインだけもらって帰る気だ。

「あのさあ、ひろみ。試合はいいから、聞かせてくれないかな」

「……何を？」

一応、苦しげな声で、顔を上げる蘭堂ひろみ。

「五日前に練習試合が中止になった時、清白駅に集合していたメンバーって、今ここにいる十六人以外にもいたの？」

琴葉は事件の核心をつく。

「ううん。同じメンバーだよ」

あっさり答えるひろみ。腹痛はどうした。

「一人も欠けてない？」

「……うん、どうして？」

「いや、いいんだけど」

琴葉が言葉を濁すと、

「よくないよ」

後ろから声がした。振り向けば、いつの間にか頭木保が立っていた。

「全然、よくない。大事なことだ」

そう言って、保はひろみに正対した。

「蘭堂ひろみさん。きみは、前回『二十人ぐらいで来るつもりだった』と羽月さんに言ったはずだよ。ぼくはそう聞いている。でも、ここにはいま十六人しかいない。普通、十六人を『二十人ぐらい』とは形容しないものだ」

「なに、この子？」

ひろみは琴葉に訊く。

「霧舎学園って、中等部もあったっけ？」

「ぼくは頭木保、高校三年だよ。羽月琴葉さんと同じ星の下に生まれ、これから先、彼女の周りで起きる事件を、解決することを定められた男だ」

よせばいいのに、保はそんな自己紹介をした。

「大丈夫なの、琴葉？　この学校……」

「うん……たぶん」

問われれば、琴葉も不安になる。ちらりと、横目で棚彦を見た。

「おいおい、おれを同類にするなよ。おれは伝説なんか信じてないんだから」

「あー、なに？　何なの、あんたたち……」

ひろみが髪の毛をかきむしる。

「ナイトなんです。この人たち」

八重ちゃんがさらにわけのわからない説明をした。

「二人とも琴ちゃんのことを守るナイトなんです。

今はまだ、どっちが本物のナイトかわからないんで、その地位を巡って争ってるところ」

「はあ？」

ひろみは完全に理解不能。思考停止状態だ。

「そんなことより、答えてくれないかな、蘭堂さん。どうしてきみは十六人を『二十人ぐらい』って言ったのか」

保が我関せずと、質問を繰り返す。

「しつこいね。琴葉がなんて言ったか知らないけど、あたしは『応援団も入れると二十人ぐらいの大所帯』になるって言ったんだよ」

答えるひろみ。

「どう違うんだい？　試合をするのはきみ独りなんだから、他の部員はみんな応援団じゃないか」

「なんでよ？　テニス部員はテニス部員でしょ。応援団とは違うじゃない」

「え」

保は一瞬、動きを止めてから、

「きみが言ってる応援団っていうのは、本物の応援団のことかい。テニス部だけじゃなくて、他の運動部も応援する、正真正銘の応援団……」

「それ以外に、どんな応援団があるっていうのさ」

いい加減にしろ、とひろみはにらみつける。

「ねえ、琴葉。悪いことは言わないから、戻っておいで。転校してまだ一週間も経ってないっていうのに、あんたの周りに集まってるの……おかし過ぎるよ。やっぱり、共学は環境が悪いんだって」

「なんだって！」

再び、保が声を上げた。ひろみの言い方が癇にさわったのかと思われたが、そうではなかった。

「きみ、いま『共学は環境が悪すぎる』と言ったね？　それはつまり、清白高校は女子校だということだよね？」

「何をいまさら……」

それはひろみにとって、あまりにも当たり前な質問だった。

「ありがとう、きみのおかげで、たぶん事件は解決だ」

保はそう言って、走り去ってしまった。

4

結局、このあと保が琴葉たちの前に戻ってくることはなく、代わりに現れた坂下のの子の話によれば、彼は羽月警視と共にどこかへ行ってしまったということだった。

正門にはその後も清白高校の生徒は一人として現れず、練習試合もひろみの腹痛が功を奏し――みんな仮病と見抜いていたが――めでたく中止となり、解散の運びとなった。

エミューのサインは……琴葉がひらがなで『えみゅー』と殴り書きしたものを、みんな後生大事に抱えて帰っていった。

脇野は無駄な時間を過ごしたと嫌みを言って早々に立ち去り、校門のところには琴葉と棚彦、のの子と八重ちゃんの四人だけが取り残された。

「あんた」

不意にのの子が棚彦に声をかけた。

「保っちゃんは事件が解決したって言ってたんだから、あんたも頑張れよ」

「なんで、おれが？」

「あんたが頑張らないと、保っちゃんはますますこの子に近づいちゃうでしょ」

と、琴葉を指さす。

「おれは別に構わないけど」

「あたしが構うんだよ」

のの子は言う。

「正門で待ってる時、この子のママに聞かされちゃったんだよね。学園の伝説は、今は裏と表の二つのバージョンがあるけど、昔は合わせて一つの伝説だった、って」

「また伝説か……。みんなで騒いでるけど、おれは興味ないんだけどな」

「いいから聞きなさいよ。二つ合わせると、こういうことになるでしょ。霧立つ春の日、鐘の音と共に、泉の前で同じ星の下に生まれた男女が出会い、その二人が口づけを交わした時、《真の求道者》が目覚める。女が謎を紡ぎ、男が謎を解く。そして、二人は永遠の幸せを得る――って」

「なんだか、強引だなあ」

と、棚彦。

「保っちゃんなら、もっと強引に考えるよ。だって、最初の段階でこの子とキスしてないんだもん」

のの子は琴葉を指さす。

「たぶん、保っちゃんはね、キスをするのはあとでもいい――って解釈するはずなんだ。霧立つ春の日、鐘の音と共に、泉の前でこの子と出会ったことで伝説の半分は達成された。残りの半分をかなえるには、《真の求道者》が目覚めてから……男が謎を解いてから……女にキスをすればいい、ってね」

「あたし……キスされるの？」

琴葉が胸を押さえた。

「わあ、琴ちゃん、ピンチ」

八重ちゃんも胸を押さえた。

「だから、そんなことさせないためにも、こいつが頑張るんだよ」

のの子は棚彦の背中をたたいた。

「おれにメリットないじゃん」

とは、棚彦。

「男が女のために汗を流して、何の見返りが欲しい？」

のの子は棚彦をにらむ。

「女のために働いた、その行為だけで満足する――。男って、そういうもんだろ」

「そういうものなのか、男って……」

納得のいっていない棚彦に、

「ごちゃごちゃ言わないで、黙ってついて来い」

のの子は一同をうながして、歩き始めた。結局、彼女が一番男らしい。

着いた先は時計塔だった。

「昨日、ここで保っちゃんが何を見つけたか、教えてやるよ」

のの子は腰に手を当てて言った。

「ほら、そこ」

顎で示した先には花壇があり、大きなスコップが一本、土に突き刺さっていた。

「造成中らしくてね、昨日はざっくりと二本刺さっていたよ。そのうちの一本は、警察が持っていった」

「押収したっていうことですか?」

琴葉が訊く。

「うん。柄のところに、かすかに血がついていたから……」

言って、のの子は残っているもう一本のスコップを引き抜き、時計塔のドアの前に立った。

「ほら、ここ」

足先で地面を示し――芝が貼られている――その一部に、スコップを突き刺したような跡があるのを確認させた。

「こうして、柄の部分をドアノブの下に固定して、先のほうを芝生に食い込ませる」

のの子はスコップの先を靴の踵で地面に蹴りつけた。

「はい。つっかい棒の出来上がり」

「こうやって、写真の三人はのの子先輩を時計塔に閉じ込めたんですね?」

八重ちゃんが訊く。

「スコップについていた血が長尾先生のものだったらそうだね。犯人たちは、たぶんこの裏で着替え終わってから《つっかい棒》を外したんだ。あたしが飛び出した時、ドアの前にスコップは落ちていなかったから」

「のの子先輩が噴水のほうに走っていってから、犯人たちはここから立ち去ったんですね」

「そういうこと。保っちゃんも、琴葉ママも、昨日そう言ってたよ」

ののの子がうなずく。

「それって、おかしくないかな」

首をひねったのは、棚彦だった。

「犯人はどうして、血のついた手でスコップを握っちゃったんだろう？」

「え？」

「おれなら、手を洗うか、拭うかしてから、他のものに触るけどなあ……。長尾先生の死体のそばには、水の溜まってる噴水もあったっていうのに」

「そのことは保っちゃんも何も言ってなかったなあ」

と、ののの子は棚彦を見る。

「で、おまえは、どうしてだと思うんだ？」

「さあ」

まただ――二人のやり取りを聞きながら、琴葉はそう思っていた。

疑問点や不自然な点を指摘する能力には長けていても、そこから結論を導き出すための思考力や発想力にはまだ目覚めていない――数日前の頭木保の言葉が甦《よみがえ》った。

5

「それはねえ、きっと琴葉ちゃんがまだ棚彦くんを目覚めさせてあげていないからよ」

カツ丼を口に運びながら、琴葉の母親が言った。

「なに、それ」

琴葉はぷくっとふくれる。学校から帰って、母親が帰宅するのを待って、発した質問の答えがそれだったのだ。

「あたし、ちゃんと警察の情報も伝えてるし、今日だってあいつの立てた作戦を実行するために、ひろみまで呼んだじゃない。これ以上、何をしろっていうの？」

「キスでもしてみたら」

母親はさらりと言う。

「信じられない。それが娘に言う台詞？」

「それより、琴葉ちゃん。今日のごはん、食べにくいわ」

本日の夕食は、久しぶりに会った蘭堂ひろみからヒントを得て作ったサイコロ・カツ丼だった。サイコロステーキのように小さくカットした豚肉にパン粉をつけて揚げ、卵で綴《と》じたものだ。一口で食べやすくなるかと思ったら、箸《はし》からこぼれて、却って食べにくくなった。

「カツ丼なんか作って、琴葉ちゃんは誰に勝って欲しいのかな？」

意味ありげな視線を送る。

「考え過ぎだよ。だいたい、ママがみんなを焚《た》きつけるから……あたし、坂下さんにも早く事件を解決しろって言われるし……」


「あら、言われたのは棚彦くんのほうじゃないの？　ま、どっちでも同じことだけど」

母親は楽しそうに笑う。

「それで、棚彦くんはどこまで真相に近づいてるのかな？」

「全然」

「全然って、まったく？」

「うん。張り合いないよ」

「それは大変ねえ。探偵くんのほうはもう密室の謎も、犯人の行動もみんな解いちゃってるわよ。犯人の名前も……今日、二人で清白高校へ行って名簿を見せてもらって、はっきりしたし」

二人でいなくなったと思ったら、清白高校に行っていたらしい。

「じゃあ。もう事件は解決じゃない」

「そうね。あとはママたち警察が裏づけを取って、犯人と被害者の関係を明らかにしたら、身柄を拘束できるわね」

「…………」

「だから、棚彦くんはそれまでに謎を解かないと、引き分けに持ち込めないってこと」

「勝ちはないのか……」

「残念そうね、琴葉ちゃん」

「べつに」

と、カツを食べる。

「あのね、琴葉ちゃん。棚彦くんみたいな男の子は、誰かが背中をポンって押してあげないと力を発揮できないのよ。恥ずかしがり屋さんなのか、先頭に立つことはかっこ悪いことだと思ってるのか知らないけど……とにかく、彼みたいな男の子は自分から進んで舞台の真ん中には立とうとはしないんだな」

「それで、あたしが背中を押すわけ？」

琴葉は訊く。

「そうよ。押し出されたら、棚彦くんはきっと琴葉ちゃんの期待に応えてくれるから」

「そうかなあ……」

「そうなの。かっこいい男の子は、女の子が作るもの――って、ママ言ったでしょ」

「…………」

「いいわ、じゃあ、大サービスよ」

言って、母親はメモ帳を取り出した。

柿沢瑞希《かきざわみずき》、宮城《みやぎ》リカ、小田島瞳子《おだじまとうこ》――と書かれている。

「はい、これが犯人の名前。あのデジカメに写っていた三人よ」

確かに大サービスだ。ヒントを通り越して、解答である。

「三人とも清白高校の二年生。琴葉ちゃんとは、去年、違うクラスだったから、どういう子たちか知らないでしょう？」

「うん」

「ここまで教えてあげたんだから、あとはあなたが棚彦くんを引っ張ってあげるのよ」

「…………」

「あ、それから、わかってるでしょうけど、清白高校にこの三人のことを問い合わせちゃだめよ。警察はこの子たちに気づかれないように、裏を取ってるんだから」

第八章　暴かれる真相

1

せっかくの大ヒントをもらった琴葉だったが、そのことを棚彦に話しても《探偵候補》は少しも目覚めなかった。

「ちょっと、しっかりしてよ。あんたが引き分けに持ち込んでくれないと、あたし、頭木先輩にキスされちゃうかもしれないんだからね」

水曜日の放課後、棚彦と二人きりの教室で琴葉は言った。

本当なら月曜の朝から尻をたたきたかったのだが、琴葉たちのいる《特類クラス》では水曜日に実力テストが控えていて、琴葉もそれまではおとなしくしていたのだ。幸か不幸か、その間に警察の証拠固めが終わることはなかった。


「キスぐらいいいだろ、減るもんじゃないし」

ひとごとのように棚彦が答える。

「減るんだよ。女の子の唇は、好きでもない人に奪われたら減るんだよ。あんたにされて、あたし、もうだいぶ減っちゃってるんだからね」

「…………」

「それに、明日からあたし、テニス部の練習に出なくちゃならないんだから。テストが終わるまでは入部を待ってもらっていたけど……もう放課後にこんな話もできないんだよ」

「それも、おれのせいか？」

「当たり前でしょ。テニス部になんか入りたくなかったんだから、あたし」

「じゃあ、なんで入部する、なんて言ったんだよ」

「そんなの……」

……あんたのためでしょ、と言おうとして、琴葉は黙った。

視線をそらす。

「とにかく、責任とってよね。もとはと言えば、始業式の日に、あんたが遅刻してきたのがいけないんだから」

「遅刻はおまえも同じだろ」

「胸さわったでしょ。キスしたでしょ」

琴葉が叫ぶ。その時、

「お取り込み中かな？」

聞き覚えのある声がして、頭木保が教室に入ってきた。

「ちょっと、きみたちに伝えておきたいことがあってね。すぐに済むから、喧嘩はぼくが帰ってから続けてよ」

すたすたと歩いてくる。

「用件は二つ。一つは、明後日《あさって》ぼくは学校を休む
——そのお知らせ」

「また仮病ですか？」

と、琴葉。

「うん、ちょっと行くところがあってね。誰かに訊かれたら、寝坊したとでも言っておいてよ……『金曜日ボクは寝坊した』なんてね」

何かの洒落《しゃれ》だとは気づいたが、琴葉も棚彦も出典はわからなかった。

「土、日と併せて……三連休させてもらうよ」

保は言う。

「それは今度の事件と何か関係があるんですか？」

訊く琴葉。

「ね、そうくるだろうと思って、わざわざ知らせにきたんだ。ぼくが行く先は、今回の事件とは全く関係がない。だから、心配しなくていいよ。金田一耕助《きんだいちこうすけ》じゃあるまいし、事件解決の前にふらりといなくなって、関係者の血縁関係なんか調べたりしないから」

保は独りで笑って、

「ぼくはもう今回の事件については何の行動も起こさないよ。警察が裏を取って、犯人が逮捕されるのを待つだけだ。だから、明後日、ぼくが学校を休ん

だことを知って、小日向くんが余計なプレッシャーを感じたらいけないと思ってね。ライバルとの戦いはフェアにおこなわれないと……」

「それはどうも」

一応、礼を言う棚彦。

「それから、もう一つの用件なんだけど……こっちは事件と大いに関係があるよ。実はきみにヒントをあげようと思ったんだ」

「また、ヒントですか」

棚彦は幾分うんざりした顔で応じる。

「そうだよ。探偵しか知らない知識で謎を解くのはルール違反だとされているからね、推理小説では」

「はあ」

「だから、きみにヒントをあげる。事件を解く鍵は《バスケットトス》だ。意味がわからなかったら、調べたらいい」

そう言って、頭木保は去っていった。

2

「学園内にインターネットが使える場所はないの？」

琴葉が棚彦に訊く。調べ物をするなら、図書室よりもインターネットのほうが早いと判断したのだ。

「パソコン教室なら、緑風館にあるけど……」

棚彦が答える。東校舎の端にある建物だ。

「行こう」

立ち上がる琴葉。

「明日でいいよ」

立ち上がらない棚彦。

「明日になったら、あたしは部活が始まるって言ってるでしょ」

両手を引っ張って、立たせようとする琴葉。

「パソコンで調べなくたって、《バスケットトス》の意味ぐらい見当はつく」

琴葉の手をつかみ返して、逆に座らせようとする棚彦。

「あんた……」

同級生の顔をまじまじと見つめる琴葉。

「あんた、本当はもうわかってるんだね？」

訊く。

「いいや」

首を振る棚彦。

「おれがわかってるのは……」

3

事件が急展開を見せたのはそれからさらに四日後の、日曜日の夜だった。

「どうしちゃったの、琴葉ちゃん？　実力テストが終わったら、棚彦くんと仲良く探偵活動を始めてくれると思ったのに……」

琴葉の母親が言った。

「仲良く、は余計だよ」

娘は答える。

「テストの結果が悪かったの？　それとも、テニス部が嫌なの？」

「どっちも。それに棚彦はもう謎を解いてるよ。本人はまだわからないところがあるって言ってるけど……」

「わからないところって、もしかしたら『めー』のこと？」

元気のない娘に、気を引くような言い方をする母親。

「それもわかってる。『めー』は宮城リカさんのことでしょ。ミヤギのヤギで『めー』。ヒツジじゃなくて、ヤギの鳴き声——」

「なんだ、そこまでわかってるんなら、教えちゃおうかな。今日ね、宮城さんを尾行していた清白署の捜査員が、彼女がコンビニのごみ箱に何かを捨てるところを目撃したの。あとで回収したら、長尾先生の携帯電話だったそうよ。明日、宮城さんたち三人には向こうの警察に来てもらうつもり」

「そうなんだ」

依然、元気のない声で答える琴葉。

その時、電話が鳴った。

「琴ちゃん、大変」

かけてきたのは八重ちゃんだった。

「いま、のの子先輩から電話があったんだけど、頭木先輩が病院に運ばれちゃったんだって」

「え」

予想外の知らせに、頭が働かない琴葉。

「どうして？」

とだけ、聞き返す。

「よくわかんないんだけど、頭木先輩、何かのサークルに入っていたらしくて……一昨日から、その集まりに行ってたんだって」

金曜日からどこかへ行く、と言っていた保の言葉が思い出された。


「それでね、出かけた日の夜から携帯電話がつながらなくなっちゃって、のの子先輩、心配してたらしいんだけど……」

「怪我なの？　病気なの？」

「どっちでもない。千葉県の海でクルーザーが漂流していて、その中に薬で眠らされた先輩が……先輩一人だけが、いたんだって」

「何かの事件に巻き込まれたのかな？」

「詳しいことは、警察も教えてくれないって言ってた」

「わかった、うちのママに訊いてみるよ。あとで電話する」

琴葉が受話器を置くと、

「はい、うちのママですよ」

事情を知らない羽月警視が冗談まじりに手を挙げた。

「大変よ、琴葉ちゃん」

千葉県警との連絡を終えた警視はいつになく、真剣な顔つきだった。

「千葉県にある流氷館《りゅうひょうかん》っていう建物で大量殺人事件があったんですって。たまたま探偵くんは殺されずに、海に放り出されたらしいんだけど……」

「眠らされていただけだった、って八重ちゃんが言ってたけど、体は何ともないの？」

「クロロホルムを嗅《か》がされていたらしいわ。昨日のうちに救出されていて、今は病院で元気にしてるって。明日一日、大事をとって、火曜日にはこっちに戻ってこられるって」

「そうなんだ」

少し安心する琴葉。

「でも、奇遇よね。探偵くんの運ばれた病院、清白女子医大ですって」

清白高校とは目と鼻の先にある病院だ。

もしこの場に保がいたら、やっぱりぼくたちは定められた運命の輪の中にいるんだ、などと言い出したことだろう。

「これも伝説のなせる業なのかしら」

似たようなことを口走ったのは羽月倫子警視だった。

4

翌日、琴葉は棚彦と二人で千葉県に向かう電車に乗っていた。

昨夜の電話での一件を伝えると、即座に見舞いに行こうと棚彦が言い出したのだ。

「あーあ、午後の授業サボって抜け出して、あたしたち、またワッキーに嫌みを言われるよ」

昼時の電車はすいている。琴葉は長いシートに棚彦と二人きりで座りながら、ぼやいた。

「仕方ないだろ。清白駅まで二時間はかかる。六時間目が終わってからじゃ、間に合わない」

「間に合わないって……面会時間、そんなに早く終わっちゃうの？　だったら、無理して来なくてもよかったじゃん。明日には退院するっていうんだし、怪我もしてないらしいんだから」

「今日じゃなきゃだめなんだよ。今朝、警察が宮城さんたち三人を連行したって、おまえが教えてくれたんじゃないか」

棚彦は言う。

「そっか。頭木先輩はまだそのことを知らないはずだから、今日中にあんたも答えがわかったって言いに行けば、引き分けには持ち込めるってことだ」

琴葉は同級生の肩をパシッとたたいた。

「なんだか、ちょっとうれしいよ、あたし」

照れ臭そうに言う。

「ほんとはね、実力テストが終わった日から、あんたがずっと『まだわからないところがある』って言ってたでしょ。だから、あたし、この勝負はあんたの負けかなと思って、あきらめてたんだ」

「おれは勝負なんかしていない」

「そうだね。どっちが《真の求道者》かなんて……どっちがあたしと同じ星の下に生まれた男か、なんて……あんたはずっと興味ないって言ってたもんね」

「…………」

「でもさ、あたしが応援するのは構わないでしょ」

「…………」

「あ、勘違いしないでよ。応援っていうのは、同じクラスだから……情が移ったっていうか、何ていうか……」

「いいよ……おれも、ちょっとおまえを見直してたんだ」

棚彦が言った。

「おまえ、あの時、脇野に言ったよな。おれたちはなんにも知らないから、なんでも出来るんだ――って。あれ、ちょっと、感動したよ。伝説のことは信じてないけど、おまえがおれに事件を解決しろって言うんなら、期待に応えてやってもいいなって思った」

棚彦は前を向いたまま、琴葉を見ない。

「かっこつけちゃって」

冷やかす琴葉。

「脇野はおれたちのことを、数字にたとえたらゼロだと言った。でも、ゼロは二つ並べれば無限大の記号になるよな」

〇《ゼロ》と〇《ゼロ》。——∞。

「あたしの〇と、あんたの〇か」

琴葉は棚彦の顔を見る。棚彦はもう口をひらかなかった。

二人を乗せた電車は、窓から春の日差しをいっぱいに取り込んで、清白駅へと走り続けた。

二時間後、清白女子医大病院の頭木保の病室には、しかし、小日向棚彦の姿はなかった。

「あの、そこまで一緒に来たんですけど、あいつ、急に怖《お》じけづいちゃったみたいで」

琴葉は棚彦がこの場にいない理由を説明した。

「それで、代わりにあたしがあいつの推理を話したいんですけど、いいですか?」

「もちろん、構わないよ。その推理がぼくの到達した真相と一緒なら、今回は引き分けということにしたいんだね」

「まあ、そういうことです」

琴葉は先週の水曜日の放課後、棚彦から聞かされた話を、思い出すように語り始めた。

5

「おれがわかっているのは、長尾先生がどこで殺されて、どうやって噴水の前まで運ばれてきたか、だけだ」

琴葉に問い詰められて、棚彦はそう言った。

「運ばれてきたって、どういうことよ? 長尾先生は噴水のところで殺されたんじゃないの?」

「それが無理なことは、とっくに証明されてるだろ。体育館の外階段には警備員がいて、中央校舎とつながっている連絡通路には鍵がかかっていた。紅白幕のトンネルを通り、体育教官室を抜けて、体育館の外までは出られても、そこから生きている長尾先生が地上へ降りる方法はなかった」

「生きていなかったら降りられた、っていうこと?」

琴葉は訊く。今の言い方では、そういうことになる。

「自分の意志では降りられなかった、と言ったほうがわかりやすいか?」

と、棚彦。

「わかりにくいよ」

と、琴葉。

「いいか。階段も通路もだめなら、地上へ降りる方法は一つしかない。飛び降りることだ。そんなことを自分の意志でやるやつはいない」

「じゃあ、犯人は長尾先生が体育館を出たところで刺し殺してから、遺体を地上に落としたってこと?」

「落とした時、もう死んでいたのか、まだ虫の息だったのかはわからないけど、そういうことだ」

「どっちにしたって、地面に叩きつけられれば服も汚れるし、死体にもそれらしき跡が残るはずだよ。警察が見逃すはずないと思うけどな」

「下にクッションがあれば問題ないだろ」

「坂下さんの用意した走り高跳び用のマットのことを言ってるんならだめだよ。あれは体育館の換気窓の下から動かされていないんだから」

「マットじゃなくて、人の手だ。人間の手が地上で待ち構えていたんだ」

棚彦は両手で人を抱えるようなポーズをした。

「無理だよ、そんなの」

「無理じゃない。上から落ちてくる人間を受け止める練習をしている人たちなら、無理じゃない」

「そんな練習をしている人なんか……」

「いる」

棚彦は言った。

「その技をたぶん《バスケットトス》って言うんだ」

頭木保が残していったヒントだ。

琴葉が反論の言葉を探していると、

「日曜日、おまえの前の学校の生徒が来たよな」

棚彦は話題を変えた。

「あの時、頭木先輩は清白高校が女子校だったと知った瞬間、事件は解決したと叫んだよな？」

「……うん」

「どうして、女子校だと事件が解決するんだ？」

「それは、あたしが訊きたいことだよ」

「女子校の話題が出る前に、頭木先輩はおまえの友達と何の話をしていた？」

「ええと……たしか応援団が……」

「そうだよ。おまえたちは自分の学校のことだから、違和感なくしゃべっていたが、おれたちからしたら、女子校で応援団っていうのはぴんとこない。しかも、部活動だっていうじゃないか」

「…………」

「つまり、あれだろ。応援団っていうのは、チアリ、い、い、い、いーディングのことだろ？」

「そう……だけど」

「その応援団が……チアリーダーが、事件のあった日、テニス部の練習試合に来る予定だったと、おまえの友達はあの時言ったんだぞ」

「そうか、テニス部はみんなでまとまって来る予定だったけど、応援団は別の部だから、霧舎学園へは現地集合だったんだ——」

「そのうちの三人が、長尾先生を殺す目的で一足早く来校していた」

「写真の三人……」

「競技会用の派手なコスチュームでなければ、チアリーダーの衣装はテニスウェアと見間違えてもおかしくない」

だから、写真のウェアに見覚えがなかったのか、と琴葉は思った。

「あ、《バスケットトス》って、チアリーディングのチームがやる、人間をポーンって上に飛ばすやつだ」

「普段から部活動でその練習をしていれば、上から落とされた長尾先生を受け止めるぐらい出来るだろう」

「確かにあの先生は小柄だったから、地面に落とさないようにするのは簡単だったかもしれないね」

「競技のようにきれいに受け止められなくても、地面に落とさなければいいんだから、失敗する可能性は低かった。服に血がつくことは予測できたし、そのためにウェアに着替えていたんだろう」

「そのあと、時計塔の裏でもう一度制服に着替えれば、帰りの電車も人目を気にすることはないってわけか」

「そういうことだ。長尾先生が地上に降りて殺されたんじゃなくて、犯人が《バスケットトス》で地上から上がってきて長尾先生を殺したんだ。おそらく、北東の角の、コンクリートの壁の一部が欠けていた地点に取りついたんだと思うけど……」

ピッケルか何かで削り取ったようなU字形の欠損部分を、琴葉は思い出していた。棚彦は続ける。

「体育館の横に屋外トイレがあっただろ。あそこの水道に、かすかに血のようなものがついていた。たぶん犯人は手を洗ったんだ。服は着替えられても、さすがに血のついた手は洗わなきゃならない」

「それで、あんた、次の日、あそこの女子トイレにいたの？」

琴葉が訊く。

「女子だけじゃない。男子トイレも見たさ。たまたま、おまえたちと出くわした時は女子のほうをチェックしていただけだ」

「なんで、あの時、そう言わなかったのよ」

「あの時はまだわからなかったんだ。どうして、あそこで犯人が手を洗ったかもしれないって、おれは考えたのか……自分でも説明できないことを話して、おまえを納得させられるとは思えなかった。下手な言い訳をしたら、おまえ、絶対におれを変態扱いしただろ？」

「…………」

つまり、棚彦は琴葉に嫌われるのを避けたくて黙っていた――というわけか。

――第一、あいつのほうだって、あたしのことなんか何とも思ってないよ。

――何とも思ってなかったら、彼には事件は解決できないわ。

脈絡もなく、母親との会話が頭の中に甦った。

「棚彦、あんた、やっぱり探偵だったんだよ」

琴葉はじっと同級生の顔を見つめた。

6

「すごいじゃないか、羽月くん。いや、すごいのは小日向くんのほうか」

頭木保はベッドの上で拍手をした。

「いまきみが言った通りだよ、今度の事件の真相は。これだけの推理を組み立てておいて、どうして小日向くんは自分で話しに来なかったんだろうね」

「それが……」

琴葉は言いにくそうに続けた。

「あいつの言うことには、まだわからない部分がある、と」

「それは、あれでしょ。長尾先生と宮城リカさんの関係とか、彼女に協力した応援団の二人の心理状態とか――そういうことなら、ぼくもわかってないよ。そのために、警察が裏を取っていたんだから」

保は、大したことじゃない、と首を振る。

「でも、先輩に出された宿題の答えもまだ解けていないって……それで、あいつ、急にここへ来るのを渋ったみたいで」

「宿題？　ああ、犯人はどうしてわざと見つかる場所に凶器を放置したか、っていう疑問のことだね？」

琴葉は神妙にうなずく。

「そんなの決まってるじゃないか。たとえ、凶器が見つからなくても、警察が長尾先生の前の職場へ捜査にくるのは目に見えている。だから、先手を打って、凶器を清白高校の中で発見させたんだよ。わざわざ自分たちに捜査の目が向くようなことは、普通はしない。犯人はその心理を逆手にとったんだ」

「凶器が清白高校で見つかったということは、本当の犯人は清白高校にはいない、って思わせたかったということですか？」

「飲み込みが早いね。事実、ぼくたちは心のどこかでそう考えていたはずだよ」

「そうなんですけど……」

琴葉はためらいがちに口をひらいた。

「そのことは、あいつも言ってました。だけど、それなら犯人はどうして凶器だけを見つかる場所に放置したんだろう、って。現場から一緒に持ち去った携帯電話は、どうして隠し持ったままなんだろう、って」

「それは、たまたま一方だけを放置したっていうことで、特に意味はないと思うけどな」

保は意に介さない。

「それだけじゃないんです。ほかにもあいつはわからないことがあるって言って……例えば、犯人は体育館脇のトイレで手を洗っているのに、どうして坂下さんを時計塔に閉じ込めた時、つっかい棒のスコップに血がついていたんだろう、とか」

「なるほど」

「応援団の三人はこれから人を殺そうとしているのに、どうして堂々と霧舎学園の正門から入ったんだろう、とか。《入学案内》の地図を見たのなら、虹川町の駅から歩いて来たはずで……それなら、坂を上り切ったところで人気《ひとけ》のない裏門に突き当たるのに……どうしてあの門を乗り越えて、こっそり侵入しなかったんだろう、とか」

「もっともな話だね」

「それに、何よりもおかしいのは、どうして犯人は長尾先生の死体を移動させたかってことなんです。別に体育館を出た所で先生は殺された、と警察に知られても何の問題もないですよね」

「………」

「それなのに、犯人は死体から体育館シューズを脱がせて、革靴に履き替えさせる手間までかけて、地上で襲われたように見せかけています……何故なんでしょう？」

「確かに、職員用の下駄箱がどこにあるか探すだけでも時間がかかるよね。殺人犯なら、一刻も早く現場を立ち去りたいはずだ」

保はほんの少し考える仕草をしてから、

「で、それについて小日向くんは結論を出していないのかい？」

「あたしは聞いていません」

「となると、今度は逆の疑問が湧くね。それだけわからない点があるのに、彼はどうして今日、ぼくのところへ来ようとしたんだろう」

「それは……」

琴葉は、今朝、警察が宮城リカたち三名を連行したことを告げた。

「別に隠すつもりじゃなかったんですけど……一応、逮捕前に棚彦も真相を見抜いていたっていうことにすれば……なんていうか、その、勝負は引き分けっていうか……」

「こんなに説明不足の点があるのに、引き分けというのは虫がよすぎるんじゃないかな」

保はあっさりと言う。

それから、琴葉の顔をじっと見て、

「羽月くん、きみにお願いがあるんだけど」

——まさか、これで棚彦の負けがはっきりしたから、キスをさせろなんて言うんじゃないでしょうね。

「なんですか」

身を固くする琴葉。

保はベッドから身を乗り出して、琴葉の両肩に手をかけた。

——うそ。

全身に視線を這《は》わせている。

——なにする気？

「羽月くん。服を脱いでくれないかな」

7

「どういうことなの、棚彦くん？」

清白警察署に押しかけた小日向棚彦は、同署を訪れているという羽月倫子警視に面会を求めた。

「説明は車の中でします。早く清白高校へ」

「いくら琴葉ちゃんのボーイフレンドでも、理由を説明してくれないとだめよ。ここは管轄外なんだから」

警視は言う。

「わかったんですよ。犯人がどうしてスコップにわざと血をつけたか。どうして正門から堂々と入ったか。どうして死体を地上に移動させたか。どうして昨日になって、携帯電話を始末したのか」

「まあ、どうしてなの？」

警視は目を細めて訊いた。

「犯人じゃないからです。宮城さんたち三人は長尾先生を殺していないからです」

「え？」

「死体を運んだのは彼女たち。坂下さんを時計塔に閉じ込めたのも彼女たち。死体の靴を履き替えさせたのも、凶器を清白高校の体育館に置いたのも彼女たち。でも、長尾先生を殺したのだけは、彼女たちじゃない」

「殺してないのに、自分たちに嫌疑がかかるようにしたの？」

「そうです」

「どうして？」

「警察に疑われて捕まれば、アリバイが作れるから」

「…………」

「宮城さんたちは長尾先生の殺人の後始末をすることで、真犯人にアリバイを作ってあげたんです。そのお返しに、今度は彼女たちが警察署内で完璧なアリバイを作っている間に、長尾先生を殺した犯人は彼女たちのために新たな殺人を決行するはずです」

「今この時に？」

「そうです。だから、それを阻止しようと清白高校に行ったら、中に入れてくれないんです。女子校ってこともあるんだろうけど、警備が厳しくて……いくらおれが事情を説明しても、部外者は入構を認めないの一点張りで……」

「清白高校で事件が起きることは間違いないの？」

「おれが思っている人物が犯人ならそうです」

「でも、それだけ警戒が厳重なら、犯人も学校内には入れないでしょう」

「いえ、たぶん入れます」

「棚彦くん」

警視はほんの一瞬ためらってから、目の前の高校生を見た。

「きみ、本当の探偵になったんだね」

ポンと背をたたいて、外へ出るようにうながした。

警察車両の中でも棚彦は説明を続けた。

「長尾先生が殺された次の日の朝、清白高校の体育館で凶器が発見されたことで、前日に疑われていたおれたち六人は容疑が晴れましたよね」

「そうね。千葉県まで凶器を捨てに行くのは時間的にも難しかったし、清白高校は戸締まりがしっかりしているから物理的にもハサミを体育館に投げ込むのは困難だ、ということになったわね」

「そのために……早々におれたちを容疑圏外へ置くために、あの凶器は持ち去られたんです。次の日に必ず見つかる場所に捨てるために」

「つまり、犯人はあなたたち六人の中にいる、と？」

「…………」

「棚彦くん。探偵になるのなら、どんなにつらい質問にもはっきりとイエス、ノーが言えるようにならないとだめよ」

「……イエス、です」

　棚彦は前を向いたまま唇だけを動かした。警視は訊く。

「凶器と一緒に携帯電話も体育館に放置しなかったのは何故？」

「携帯電話は宮城さんが警察に捕まるための最後の決め手だったからです。いくら事件当日に、彼女たちが堂々と霧舎学園の正門から入り、受付で清白高校の名を残したとしても、それですぐに捕まるとは考えにくい。未成年であれば、警察も慎重に行動するでしょう。だから、宮城さんは自分たちに捜査の目が向くのを待ってから、わざとばれるように携帯電話を捨てたんです」

「捕まりたかったのなら、霧舎学園の受付で自分の名前をそのまま書けばよかったじゃない」

「ストレートに書いたらだめなんですよ。あとで覆せなくなってしまうから……。彼女たちは『清白高校テニス部』と記すことで、警察に捜査させようとしたんです」

「結局、あたしたちはまんまと彼女たちの策略に引っかかったというわけね」

「坂下さんを時計塔に閉じ込めることになってしまったのは計画外だけど、それも宮城さんたちは巧みに利用しました。スコップにわざと血をつけ……たぶん、服についた血をこすったんでしょうけど……

そうすることで、長尾先生を殺したあとも犯人はしばらく現場付近にいたと思わせることが出来た。少なくとも、坂下さんが閉じ込められていた九時十分過ぎまで、犯人は時計塔のそばにいたということになります」

「でも、本当の犯人は同じ頃、別の場所でアリバイを作っていた、と」

「別の場所とは、当然、体育館の中のことで……だからこそ、宮城さんたちは死体を移動したんです。長尾先生が外で殺されたと判断されれば、犯人は安泰だから。職員用の下駄箱の位置を彼女たちに教えたのも、もちろん真犯人です」

「…………」

「真犯人と宮城さんたちの連携は完璧です。彼女たちにとって、着替えを盗撮されたことは計算外の出来事だったはずなのに……デジカメにはきっと、宮城さんたちの顔がはっきり写っていたコマもあったはずなのに、真犯人はそれを消去した。事件当日、宮城さんたちが霧舎学園にいたという完璧な証拠があってはまずいから」

「…………」

「同じように、鍵のかかった清白高校の体育館に凶器を放置することも、部活動で体育館を使用する生徒なら合鍵を作るチャンスはあるし、宮城さんが捨てた携帯電話にしても、学校に落ちていたのを拾って持っていただけだと言えば、言い逃れ出来る。そんな都合のいい話、信じられるかといくら警察に疑われても、その追及の最中に、別の場所で第二の殺人が起きれば彼女たちは無罪放免です」

「どうやって、それを同一犯だと思わせるの？　警察は宮城さんが犯人だと思っているんだから、新たな殺人が起きても、それは別の犯人の仕業だと考えるわよ」

「現場にもう一台の携帯電話を置いておけばいいでしょう。『めー』の携帯電話を」

「なるほどね」

警視は感心したようにうなずいた。

「で、その《第二の犯行》が今日起きると思った根拠は?」

「今日じゃないかもしれません。明日かもしれないし、明後日かも。でも、ぼくたち一般人は、未成年が警察に連行された場合、どのぐらい拘束されているか知りません。もし明日、家に帰されてしまったらアリバイは作れなくなる。だから、第二の犯行は捕まってすぐに起こしたほうがいい」

「それが清白高校で起きると思った理由は?」

「これも、確実じゃありません。ただ、先週、テニス部の練習試合に顧問の先生が来ませんでした。聞けば、『長尾先生の殺された学校へなんか危なくて行けるか』と震えていたといいます。部員の話じゃ、長尾先生と二人で、何か悪いことでもしていたんじゃないかって……」

「松田先生のことね。確かに、警察の捜査でも、脅え方が尋常でないっていう情報は入っているけど……。でも、殺人の根拠としては薄弱だね」

「薄弱でも、現場を押さえない限り、真犯人を捕まえることは出来ません。おれが知っている範囲で、第二の被害者になりそうなのはその先生しかいないから……」

「いいわ、何事もなかったらそれに越したことはないんだから。松田先生を保護しましょう」

警視が言った時、車は清白高校に到着した。

「そう言えば、棚彦くん。さっき真犯人はデジカメの何コマかを消去したはずだって言ったけど、そんなことの出来た人って……」

「はい、一人しかいません」

棚彦はうなずいた。もう返事をためらうことはなかった。

「そして、彼女なら、関係者以外立ち入り禁止の清白高校にも堂々と入っていけます」

8

正門の前に車を停めると、羽月倫子警視は警察手帳を振りかざして、構内に入っていった。

あとに続いた棚彦は警備員に腕をつかまれ、あっさりと門の外に連れ出された。下校時間の女生徒たちが不審者を見る目で去っていく。

棚彦は仕方なく引き下がるしかなかった。

ふと見ると、門の陰に琴葉と坂下のの子がいた。

「よう」

のの子が元気なく声をかけてくる。がっしりした腕の中には、意気消沈した琴葉が抱かれていた。

「あんたに言われた通りに、頭木先輩には伝えたよ」

琴葉は言う。

「そうか。……ありがとう」

会話は続かなかった。

「おまえ、もう犯人が誰だかわかってるのか？」

しばらくして、棚彦が訊く。

「……うん」

聞こえるか聞こえないかの声でうなずく琴葉。

「あたしがつい口を滑らせちゃったんだよ」

のの子が言った。

「保っちゃんのお見舞いに来たらさ、病室からこの子たちの声が聞こえてきたんだ。デジカメに写っていた三人は清白高校のチアリーダーで、そいつらが今日、犯人として警察に捕まったって」

のの子は空を見上げる。

「その話で……ちょっと思い当たることがあってね。病室に入るかどうか迷っていたら、いきなりドアが開いて、保っちゃんが飛び出してきたんだ」

「思い当たることって？」

棚彦が訊く。

「去年さあ。あの子が、新しい部を作りたいから顧問になってくれって、担任の脇野に頼んでいるのを聞いちゃったんだよ、あたし」

「新しい部？」

「そう、チアリーディング部を作りたいって。前の高校でやってたから、こっちにきても続けたいんだって。結局、脇野が断ったから、あたしが放送部に誘ってあげたんだけど……」

の子がくやしそうにつぶやいた時、門の向こうから清白高校の制服を着た犯人が、羽月警視に伴われて姿を現した。

「……八重ちゃん」

琴葉がつぶやいた。

9

「うそでしょ、八重ちゃん」

琴葉は駆け寄る。

「八重ちゃんが長尾先生を殺したなんて、うそでしょ」

「うそじゃない」

棚彦が言った。

「凶器が体育教官室にあったハサミだったことを考えれば、犯行が可能だったのは八重樫しかいない」

「なんでよ。あれは長尾先生が護身用に持ち出したんでしょ」

「それは、犯行現場が噴水の前だった場合の話だ。今はもう、長尾先生は殺されてから地上に落とされた、とわかっている。その前提に立てば、犯行現場は自ずと体育教官室の中ということになる」

「なんで中なのよ。外でもいいじゃない。先生がハサミを持って外に出て、そこで襲われた――」

「それじゃあ、だめなんだよ。体育教官室を出たところで刺されたのなら、八重樫にしろ、宮城さんにしろ、先生を地上に落とすことは難しい。体育館の周囲を巡っている通路は高さ一メートルのコンクリート壁で囲まれている。北東の角に、壁の一部がピッケルか何かでU字形に削り取られたような箇所も

「あったが、そこでも高さは六十センチぐらいだった。腹を刺されて倒れている長尾先生をその高さまで抱き上げて落とすなんて……まして、周囲の壁や床に血を一切つけずに落とすなんて不可能だ」

「それは体育教官室の中で刺されても同じことでしょ。却って、運ぶ距離が長くなるじゃない」

「いや、あそこには椅子がある。キャスター付きの、五本脚の、背もたれの大きな椅子が……。あれに長尾先生が座っている状態で刺されたのなら、椅子はそのまま台車になる。教官室の上がり口はほとんど段差がないから、背もたれを押したままで外に出られる。あとは通路を北東の角まで進み、コンクリートが削られている壁の前まで行ったら、先生の脚を持ち上げ、低くなっている壁の外に突き出すだけだ。椅子の高さは六十センチぐらいのはずだから、そのまま先生の背中を押せば地上に落とすことが出来ただろう」

「…………」


「いいか、長尾先生は体育教官室の中で刺されたんだ。そして、先生をあの中に誘い込めたのは、八重樫しかいない」

「誘い込むなんて、おかしな言い方しないでよ」

琴葉は首を振った。しかし、ピアノのセッティングをしている八重ちゃんが、ピアノの横に立っていた長尾先生を手招きして、一緒に紅白幕のトンネルの中に入り込む場面は無理なく想像できてしまった。放送部の腕章を巻いている生徒がピアノの周りをうろうろしていても誰も気に留めないし、犯行後、ステージ裏に戻っていく姿も、むしろ自然な光景だ。

「でも、八重ちゃんの制服には血なんかついていなかった。そうだよね、ママ」

琴葉は事件の日の午後、身体検査をした羽月警視に同意を求めた。

「先生を刺した時、裸だったら服には血はつかない」

言ったのは棚彦だ。誘い込む、という表現が、再びクローズアップされる。

「八重ちゃんがそんなことするはずないでしょ」

琴葉はわめいた。人を刺したと責められるより、男性教師を色仕掛けで誘い込んだと想像されることのほうが耐えられなかった。

「……あたし、脱いだよ」

八重ちゃんが初めて口をひらいた。

「ごめんね、琴ちゃん。あたし、自分で脱いだんだ。先生の汚い手で脱がせられるのは嫌だったから……」

「……どういうこと、それ？」

「あたしね、こっちの高校にいた頃、長尾先生に乱暴されたの。理科準備室に呼び出されて、机の上に押し倒されて……」

「八重樫さん、こんなところで言わなくてもいいわ。詳しいことは警察で聞くから」

羽月警視が制止したが、八重ちゃんは黙らなかった。

「先生はね、細い注射器を持ってて……あたしの目の前で、ぴゅーって何かの液体を飛ばしたの。これを打ったら、死んじゃうよって言って」

「八重ちゃん」

琴葉の目から涙がこぼれた。

「あとで考えればうそだったかもしれないけど、その時は、すごい力で押さえつけられてたし……先生は化学の先生だし……怖かったから、あたし、抵抗できなくて」

「………」

「一学期の間、何度も呼び出されて……外へ出ても、携帯電話を持たされて……それでもう耐えられなくなったから、転校したの。家の人に、学校でいじめられてるからって、うそついて……」

八重ちゃんは嗚咽《おえつ》を堪えながらしゃべり続ける。

「転校してからは千葉と横浜だから、呼び出されることもなくなって、ほっとしてたんだ、あたし。でもね、このあいだの春休みに突然、長尾先生から電話がかかってきて、四月からおまえの学校に転任するよ——って言われたの。また、仲良くしようなって……」

琴葉はたまらず八重ちゃんを抱きしめた。

「そんな男の言うことなんか聞かなきゃよかったんだよ」

のの子が言った。

「だめなんです。言うことききかないと、ビデオをみんなに配られちゃうから」

八重ちゃんが首を振った。

「ビデオ?」

「最初に襲われた時、理科準備室には松田先生もいて……先生はあたしが乱暴されているところをビデオに撮ってたんです」

「なんてやつらだ」

「あたし、またあの頃の生活に戻るのかと思ったら……最初は死んじゃおうかなって思って……。でも、のの子先輩とか、冬美先輩とか、みんなと一緒にいるのが楽しかったから、死ぬのはあたしじゃない、先生のほうだ、って考えることにしたの」

「つらかったんだね、八重ちゃん」

琴葉が言った。抱きしめる手に力が入った。

「半年ぶりに会った八重ちゃん、とっても明るかったもん。髪を短くしただけで、こんなにイメージが違っちゃうのかなって、あたし、思ったくらい。でも、あれって、本当は無理に元気にしてたんだね」

「ごめんね……」

琴葉の腕の中で八重ちゃんは泣いた。

「あたし、もっと琴ちゃんと一緒にいたかったよ。せっかくまた同じ学校になれたのに……」

「待ってるよ。ずっと待ってるから」

「すぐに帰れるわよ」

羽月警視が言った。

「少年の観護措置期間は原則として二週間。今回の場合は家庭裁判所も審判不開始・不処分が妥当《だとう》な線だわ。凶器は現場にあったハサミだし、長尾先生に脅されて制服を脱いだから血はつかなかった。なにより、犯行は自分の身を守るため……操を守るためにおこなわれた緊急の行為だったんだから。体育教官室から八重樫さんの指紋が検出されなかったのは、犯行後にふき取ったんじゃなくて、怖かったから周りのものには手を触れなかったため。ドアノブの指紋は現場検証の際に、あたしが誤って手袋で拭い去ってしまったためだし、遺体の移動に使った椅子は、当時、背もたれにカバーがかかっていたから指紋は残らなかった。——それでいいわね」

「死体の移動を手伝った宮城さんたちのことはどうするんですか？」

棚彦が訊くと、

「あの子たちは、偶然、霧舎学園に来ていただけ。テニス部より早く到着していたのは、試合の開始時間を間違えていたから。そこへ、たまたま八重樫さんが長尾先生を刺したことを知り、咄嗟に友情からアリバイを作ってあげた」

警視の強引な筋書きに反対する者はいなかった。宮城さんたちもまた——三人のうちの誰かか、あるいは全員が——長尾先生、松田先生の被害者であったであろうことは、みんな薄々気がついていた。

「大丈夫だよ、八重ちゃん」

琴葉は泣きながら笑ってみせた。

「こういう時のために、うちのママはキャリアなんだから」

「ママが手を回さなくたって、八重樫さんは大きな罪には問われないわ。なにしろ、松田先生を殺さずに自首してくれたんだから。ね、そうでしょ、探偵くん」

警視は言って、さっきから一言も口を利いていない頭木保を見やった。

「あたしが駆けつけるより早く、彼が八重樫さんに思い止まるよう説得してくれていたんだから」

そこには、病院で琴葉から脱がせたセーラー服を身にまとった頭木保の姿があった。

10

「わあ、見たかったなあ、保っちゃんのセーラー服姿」

翌日、事件の話を聞いた成沢冬美が言った。

「うん、どう見ても女の子だった。あれなら、警備員も自分のところの生徒だと思って、すんなり門の中に入れちゃうよ」

のの子が答える。

転校してきたばかりの琴葉がまだ清白高校のセーラー服を着ていたことは、いまさら説明するまでもない。同様に、去年転校してきた八重ちゃんも、家に清白高校の制服を持っていて不思議ではない。

「今回は特別だからね」

頭木保が言った。

「結果的に、小日向くんがぼくのたどり着いた真相より、さらに一つ奥にあった本当の真実に到達したことがわかったから……そのために羽月さんを一人でぼくの病室に来させたことがわかったから……まあ、ぼくとしても、あれだけ説明不足の点をつかれたら、さすがに引き分けっていうわけにはいかないしね。今回は罰ゲームのつもりで女装を受け入れたまでで、あんなことはもう二度としないよ」

「でも、そのおかげで、この子は下着姿のまま、病室のカーテンにくるまって震えていたけどね」

琴葉を指さしてのの子が言った。

「あたしの上着を貸してあげたら、大きすぎて……まあ、それでパンツまで隠れたんだからちょうどよかったけど」

「坂下さん」

琴葉が声をかけた。

「のの子でいいよ。あたしもあんたのこと『琴ちゃん』て呼ぶから。八重ちゃんが呼んでたみたいに」

「じゃあ、のの子先輩」

「なんだよ」

少し照れ臭そうに答える。

「あたしを放送部に入れてくれませんか？」

「八重ちゃんの代わりのつもりか。うちは構わないけど、テニス部はどうする？　かけもちなんて、脇野が許さないぞ」

「その通り、認めない」

いきなり声がしたと思ったら、脇野本人が立っていた。

「かけもちなんて中途半端なことは認めないぞ。やるんなら、放送部一本にしろ」

一同が脇野の顔を見た。

「いいんですか、テニス部、辞めても？」

琴葉が訊く。

「やりたくないやつにいられても迷惑だ」

脇野はぶっきらぼうに言ってから、

「どうせなら、チアリーディング部でも作っちまえ。顧問ならおれがやってやるから」

「どうしちゃったんですか、先生」

「どうもしない。ただ……八重樫が戻って来た時、あいつに必要なのはおまえたちだっていうことだ」

そう言って、脇野は去っていった。部活に出ないのなら、さっさと帰れ、と言い残して。


「ねえ、棚彦。あんた、いつからわかってたの？」

琴葉はずっと気になっていたことを口にした。棚彦と二人で歩く、駅への帰り道である。

「実力テストが終わってからずっと、まだわからないことがあるって言ってたけど、あれ、うそだったんでしょ。本当は全部わかってて……八重ちゃんが犯人だとわかっていたから、わざとわからないふりをしていたんでしょ」

「めー」

棚彦はヤギのように鳴いた。

「おれは八重樫の下の名前を覚えていなかった。去年一年間、同じクラスだったけど、そういう女子は結構いるんだ。呼ぶ時はいつも苗字《みょうじ》で、だから下の名前を忘れてしまっている」

「…………」

「あいつの名前、皐月《さつき》だったんだよな。この前、おまえに《入学案内》のパンフレットを見せてもらって思い出した」

霧舎学園の制服を紹介したページだ。

「皐月って、難しい字を使ってるけど、五月と書く《さつき》と同じことだよな」

「うん」

「五月は英語でMAY《メイ》」

「あ、だから『めー』」

教師の長尾と松田が喜色を浮かべて『めーちゃん、めーちゃん』と呼んでいる姿が、琴葉には想像できてしまった。

「確信はなかったけど、ヒツジやヤギの鳴き声で『めー』よりは、納得できた」

棚彦は言う。

「もし八重樫が犯人なら、済んでしまった殺人はもうどうしようもない。あの八重樫がそこまでしたってことは、それなりの理由があったはずで……おれがどうこう言える次元の話じゃないと思ったんだ。だけど、いつも休み時間におまえのところに遊びにくる八重樫が、昨日に限って昼休みに姿を見せなかった。気になって隣のクラスに様子を見にいったら、午前中で早退したっていうじゃないか。それで、まさかと思った。あいつに、二度も人の命を奪わせることはさせたくなかったし、おれたちの力で止められるのなら、止めてやりたかった」

「それで、あたしを頭木先輩の所へ？」

「あの人なら、わかってくれると思った」

「それじゃあ、あんた、あたしが頭木先輩に身ぐるみはがされるって知ってて、一人で病院に行かせたの？」

「いや、おまえ一人を行かせたのは、その間におれが一人で清白高校へ行って八重樫を思い止どまらせようと思ったからだ」

「なんで一人なのよ。あたしを連れていけば問題なかったでしょ。あたしは清高の制服を着ていたんだから」

「…………」

「カーテン一枚隔てて、男の人の前で下着姿になるのって、どれだけ恥ずかしいか、あんた、わかってるの」

「悪かったよ」

「悪かった、じゃすまないわよ」

「仕方ないだろ。八重樫は松田先生を殺そうと思って清白高校へ行ってたんだ。当然、凶器も持っていたに違いない。そんな危険な場所に、おまえを連れて行けるか」

「…………」

「いくらおまえの友達でも、人を殺そうとしている時にいつもと同じ精神状態とは限らないだろ。追い詰められた八重樫が、錯乱して、おまえに襲いかかってきたらどうする」

琴葉は黙り込んだ。

春の日差しが、少し先を行く棚彦の後ろに小さな影を作っていた。

不意に、昨日の言葉が思い出された。

――ゼロは二つ並べれば、無限大の記号になるよな。

「ねえ、棚彦」

琴葉は駆け寄って、同級生の手をすっと握った。

「なんだよ」

突然つながれた手を見て、ぎょっとする棚彦。

そのまま視線を琴葉の顔に移す。

「並んで歩こう」

琴葉はにっこり笑ってみせた。

「変なやつ」

肩をすくめるが、棚彦は手を振り解こうとはしなかった。

「ねえ、知ってる？　テニスでは、ゼロのことをラブっていうんだよ」

「知ってるよ、そんなこと。常識だろ」

「そう、それならいいんだ」

やっぱり、あの伝説は本物だったのかもしれない
——琴葉はそう思い始めていた。


霧立つ春の日、鐘の音と共に、泉の前で口づけを交わした男女は永遠の幸せを約束される。ただし——

伝説に続きがあることを、琴葉たちはまだ知らなかった。

——伝説達成まで、あと十一ヵ月。

あとがき

霧舎が書かずに誰が書く！

三年前、デビュー作である『ドッペルゲンガー宮』を評して、こう言った人がいます。

――良くも悪くも、出来のいい《金田一少年》という印象。

ご当人はマイナス評価のつもりでおっしゃったのでしょうが、私にとっては誉め言葉以外の何物でもありませんでした。

冒頭の《著者のことば》にも書きましたが、あのマンガがどれだけ多くの人たちに読まれたことか……。ミステリ・リテラシーとしての功績は計り知れないものがあります。そして、プロの作家ならそのミステリの面白さに触れた読者を放っておく手はないでしょう。

かつて《新本格ミステリ》のブームがありました。読者だった私を毎月楽しませてくれていた当時の作家のみなさんは、しかし、その後どんどん寡作になり、あるいは他ジャンルへと移行し、その力作を披露《ひろう》してくれることが少なくなっていきました。そんな中、唯一《新本格》の面白さを受け継いできたのが『金田一少年の事件簿』であったと私は思っています（トリックの出所がどうの、という話は別にして）。

それならば、当の『金田一少年――』さえも連載が終わってしまった今、あとを継ぐのは霧舎巧しかいないじゃありませんか。

《新本格回帰》の作品に先があるとは思えません、とおっしゃった高名な推理作家の先生がおられます。また、私に直接、こんな作品を書いていたら、かつての新本格作家たちのようにおまえもそのうち何も書けなくなるぞ、と忠告してくれた先輩作家もいらっしゃいます。いずれも、これからの推理小説界のことを考えての発言だとは理解できるのですが、その時、私は心の中でつぶやいていました。

わかってないな――と。

自分たちでわざわざ間口をせばめて、せっかく入口の前まで訪ねてきてくれている大勢の読者を締め出してどうするのでしょう。まずは玄関のドアを開けて中に入ってもらい、その上で読者自身にくつろいでもらうかどうかの判断を委ねるのが本当じゃないでしょうか。

私はデビュー当初から友人や出版関係の人たちに言ってきました。『金田一少年』や『名探偵コナン』しか読んだことのない読者が、初めて推理小説に手を伸ばそうとした時、「それなら、この人の作品から読んだらいいよ」と言われる作家になりたい、と。

もちろん、これはミステリとしてのレベルが低くてもいいということではありません。むしろ、反対です。従来の目の肥えたミステリファンが面白いと思わないものを、どうして初心者が面白いと思ってくれるでしょう。手抜きは一切できません。いや、しません。何故なら、私の作品を読んで面白いと思ってくれた人の中から、今度は私が面白いと思う作品を書いてくれる人が現れることを密《ひそ》かに願っているからです。

まあ、それは大袈裟《おおげさ》だとしても、初めて訪れた《推理小説》という名の家で楽しい時を過ごした読者が、また遊びにきてもいいな、と思ってくれたら、こんなにうれしいことはありません。中には、私の作品世界が肌に合わず帰って行く人もいるでしょう。あるいはもっと奥へ進んで、私とは違うタイプの小説に触れ、そこで初めてミステリファンになってくれる人もいるでしょう。そういうお客様だって大歓迎です。

《新本格》だけがミステリじゃありません。いわゆる《人間を描いた》推理小説だって、社会派だって、ハードボイルドだって、トラベルミステリだって、メタミステリだって、みんなミステリです。私はたまたまその中で《新本格》が好きで、《新本格》しか書かない作家だというだけのことです。自分が好みでないミステリを非難する気も、排除するつもりもありません。まだ扉をノックしていない読者のことを思えば、自分がミステリファンになった時のことを考えれば、様々なジャンルのミステリが存在していなければ困るのです。

すみません。今回はあとがきをたくさん書いてもいいよ、と言われたもので、つい調子に乗ってしまいました。話題を変えましょう。

えー、このシリーズは「マンガがミステリのエッセンスを取り込んで成功したのなら、ミステリがマンガのエッセンスを取り込んでもいいじゃないか」というところから始まっています。

これまでにもそういう意図の見える作品はありましたが（作者が意識的に取り込んだかどうかはわかりませんが）、ごく一部の作品を除いて、どれもミステリの部分が弱い、というのが私の印象です。

そこで、今回は正面きって『ラブコメミステリ』と宣言した上で（表紙がイラストだと購入をためらうミステリファンがいることは百も承知です）、これまでの霧舎巧の作品と変わらぬクオリティの謎と、謎解きと、伏線を張り巡らせました。このシリーズは一貫してその精神を貫きます。

とりあえず《密室本》だから買ったというあなた。もしあなたが生粋《きっすい》のミステリファンなら、どうぞ次回作以降も勇気を出して買って下さい。シリーズが完結した時、決して損はさせませんから。

あ、それからこのシリーズではもう一つやりたいことがありまして……それは、ノベルスの限界に挑む、という試みです。

新書判という限られた形態の中で、どれだけの遊びが出来るか（もちろん、それが謎解きに直結していなければ意味がない）、その可能性を追求してみようと思っています。今回のように物理的なおまけであったり、『マリオネット園』のように体裁を利用した趣向であったり、『カレイドスコープ島』や『名探偵はもういない』のように心理的に読者の思考を誘導させる仕掛けであったり、とにかく何らかの遊びを作品ごとに施していきたいと考えています。

期待して下さい。というより、何が出来るか、私が一番楽しみだったりするのですが……。

ということで、今回も最後にお世話になったみなさんに感謝の言葉を。

まずは、お忙しい中、私の繰り出す法律関係の質問に懇切《こんせつ》丁寧に答えて下さった平城鬼南先輩（さすが専門家です）。現在の（一九九八年の）高校の取材に協力してくれた大野淳一くんと峯可奈子さん（遅刻してすみませんでした）。現役高校生の大野弥生さん（あなたが提供してくれた資料は何よりも役に立ちました）。そして、このシリーズを立ちあげることに賛成してくれた講談社の太田克史氏と唐木厚氏（早口言葉みたいだ）。忘れてならないのは原書房の石毛力哉氏（同社の『名探偵はもういない』もよろしく！）。そして、そして、作品世界の奥行きを見事に広げて下さったイラストレーターの西村博之氏（これからも無理な注文をするかもしれませんが、末長いおつきあいを）。

みなさん、本当にありがとうございました。

二〇〇二年　三月

霧舎巧

N.D.C.913　200p　18cm

四月《しがつ》は霧《きり》の00《ラブラブ》密室《みつしつ》　私立《しりつ》霧舎《きりしや》学園《がくえん》ミステリ白書《はくしよ》

二〇〇二年四月五日　第一刷発行

KODANSHA NOVELS

定価はカバーに表示してあります

著者—霧舎《きりしや》　巧《たくみ》

発行者—野間佐和子

発行所—株式会社講談社

東京都文京区音羽二-一二-二一

郵便番号一一二-八〇〇一

編集部〇三-五三九五-三五〇六

販売部〇三-五三九五-五八一七

業務部〇三-五三九五-三六一五

印刷所—株式会社廣済堂　製本所—株式会社国宝社

ISBN4-06-182244-6（文三）

KODANSHA NOVELS 講談社ノベルス

特選ショートショート
仕掛け花火　江坂　遊

これぞ大沢在昌の原点！
野獣駆けろ　大沢在昌

長編ハードボイルド
氷の森　大沢在昌

ハードボイルド中編集
死ぬより簡単　大沢在昌

ノンストップ・エンターテインメント
走らなあかん、夜明けまで　大沢在昌

大沢ハードボイルドの到達点
雪蛍　大沢在昌

ノンストップ・エンターテインメント
涙はふくな、凍るまで　大沢在昌

書下ろし長編推理
刑事失格　太田忠司

新社会派ハードボイルド
Jの少女たち　太田忠司

書下ろしアドヴェンチャラスホラー
新宿少年探偵団　太田忠司

新宿少年探偵団シリーズ第2弾
怪人大鴉博士　太田忠司

新宿少年探偵団シリーズ第3弾
摩天楼の悪夢　太田忠司

新宿少年探偵団シリーズ第4弾
紅天蛾（べにすずめ）　太田忠司

新宿少年探偵団シリーズ第5弾
鴇色の仮面　太田忠司

新宿少年探偵団シリーズ第6弾
まぼろし曲馬団　太田忠司

書下ろし山岳渓流推理
南アルプス殺人峡谷　太田蘭三

書下ろし山岳渓流推理
木曽駒に幽霊茸を見た　太田蘭三

書下ろし山岳渓流推理
殺意の朝日連峰　太田蘭三

書下ろし山岳渓流推理
寝姿山の告発　太田蘭三

書下ろし山岳渓流推理
謀殺水脈　太田蘭三

書下ろし山岳渓流推理
密殺源流　太田蘭三

書下ろし山岳渓流推理
殺人雪稜　太田蘭三

書下ろし山岳渓流推理
失跡渓谷　太田蘭三

書下ろし山岳渓流推理
仮面の殺意　太田蘭三

書下ろし山岳渓流推理
被害者の刻印　太田蘭三

書下ろし山岳渓流推理
遭難渓流　太田蘭三

書下ろし山岳渓流推理
遍路殺《ころ》がし　太田蘭三

あの「サイコ」×「講談社ノベルス」！
多重人格探偵サイコ　雨宮一彦の帰還　大塚英志

小説版『サイコ』第一作、ノベルス化！
多重人格探偵サイコ　小林洋介の最後の事件　大塚英志

小説版『サイコ』第二作、ノベルス化！
多重人格探偵サイコ　西園伸二の憂鬱　大塚英志